一頁人生
游欣妮 著
U0931721

一頁人生
作者／游欣妮
策劃編輯／周淑屏
協力編輯／羅詠恩
美術設計／陳詩韻
插圖／黃裳
出版發行／突破出版社
香港沙田亞公角山路 33 號突破青年村
電話：2632 0000　傳真：2632 0388
電郵：breakthrough@breakthrough.org.hk
網址：http://www.breakthrough.org.hk
http://www.btproduct.com
承印／陽光印刷製本廠
2017 年 6 月初版 1 刷
2025 年 8 月初版 4 刷

Real Life Stories
by Yau Yan Ni
First Printing, First Edition, June 2017
Fourth Printing, First Edition, August 2025

Printed in Hong Kong
ISBN 978-988-8392-46-9

本書文章曾在《星島日報》發表

誠邀閣下就突破出版社的書籍發表意見

歡迎加入突破出版社 Facebook page — http://www.facebook.com/btbooks.page

本書採用環保油墨印刷

每一個
年輕人都應當
乘着夢想的
翅膀出航。

成長文學

目錄

機械・人

（一）

在工作坊裏，我彷彿那麼專注地聽導師說機械手的由來和歷史，其實一顆心全飛到了「砌手」之上。組合義肢是我來這兒的唯一目的。

大概先入為主是人的通病，包括自己，也老是擺脫不了別人說過的令人抗拒的話。聽一、兩次還可以咬咬牙、吞口氣作罷，只是當三番四次碰到那些不可一世的嘴臉，即使再冷靜沉着，心裏始終不是味兒。誰不知道這些技術有用呢？誰不曉得科技發展日新月異，分分秒秒影響，甚至入侵、操控着人的生活呢？誰不察覺世上數之不盡的人正依附着科技生存，依賴科技維生呢？

我並非抗拒科技，實際上科技的確讓人的生活更便利。即使我非科技人，也不得不承認若失去科技，生活的某些部分必然亂作一團，霎時間無法適應。簡單引例，假如現在要我用從前唸書時的方法完成進修課程的習作，恐怕目前這個學位要拖延好幾年才能到手。

試問在勞碌的工作中怎可能像從前那樣為了畢業論文，每日花上好幾小時甚至十幾小時在圖書館的書架之間環遊逡巡，看到貌似用得上的書就托着厚厚的鏡片啃個不停，必要時還出動摩打手敲打鍵盤人肉複印一段又一段文獻？

（二）

「不是我誇口，極多研究也指不出三十年，科技、電腦、機械人可以取代數百工種。三十年的說法太保守了！依我看，未等我們老，科技已是掌控天下最強大的舵手，我們科技人，還不是指揮舵手的最佳首領嗎？不是開玩笑！屆時你們也得聽命於我呢！任你再清高也得臣服於科技之下！哈哈哈！」揚起的眉毛、不屑的目光、自負的言論，統統令人極反感。

驕傲的人不少，可像這般口出狂言而面不改色的堪稱難得一見。「人以羣分、物以類聚」，這次工作坊又重遇此「狂人」時，他那早在我腦海裏深深植根的狂言妄語囂張嘴臉立時浮現，我只想堵上耳朵，專注把零星配件逐一拼合成可用的機械手。

「你們也不算最可憐，那些目不識丁，只能出賣勞力的文盲將來更沒有地位了！社會沒有用得着他們的地方。你說是不是？」其餘幾人雖沒應答，但幾聲哈哈已分外刺耳。難道世界要的只剩科技嗎？買賣、借還、分工……機械人能在這些工作裏面如人腦即時靈活應對表情達意嗎？

打磨小配件、穿繩、打結，每個步驟都考耐性。腦海裏的答錄機不能自控地不斷重播「狂人」的言論，像跳線兼不入流的唱片令人困擾。堆砌的華麗言辭一籮筐，自吹自擂倒不如切實行動更實際。我願意參與，只單純因為被立體打印義肢一事的意義打動，並沒準備花時間聽人吹牛。

「打結難倒你們吧！將來鐵定連打結都由機械人負責！」

我就不相信會被幾個結難倒。科技厲害，然而研發機械人的，還不是人類嗎？有必要把科技抬舉得高高在上嗎？愈是這麼想愈着急，愈急，結就愈糾纏不清。

「如果結拉得不夠緊，會影響機械手的操作。一定要謹慎，如果真的希望製成品能操作，絕不可馬虎。」麥Sir道。工作坊開始接近兩小時，終於聽到這位一直低頭拼砌模型的麥Sir開腔。可是他才剛開腔就一發不可收拾，喋喋不休講個不停。

「要耐心。我們不只要技術層面的製作，更要了解使用者的需要、作品設計的理念和意義。不理解不探索，我們做的就純粹是一件死物，而非真正適合使用的肢體，發揮不了實際功能。平日我們靈活使用自己的手，很自然並不特別思考手的作用，但抽離一點想，到底我們最常使用手來做什麼呢？動作是怎樣的呢？要怎樣設計機械手才能做到這些姿勢呢？拿起物件、抓癢、揮手……很多看似簡單的活動，其實難度都很高，製作期間遇到這些難題，我們就要……」

（三）

「科技的確可以為人省卻很多工夫，甚至在很多工序上能取代人的崗位。例如機械人也可砌模型，但我們砌和機械人砌的不一樣。不是嗎？」後來麥Sir還解答了其他學員許多問題，又讓大家嘗試控制幾隻不同類型和操作方法的機械手。我緊盯熒幕上的步驟圖解和影片，默默拼砌。

「可能因為我奇特，他們都很少和我在一起。玩遊戲時也沒人牽我的手。事實上也可能因為我沒有可以讓人牽住的手。現在我和他們幾乎一樣了，只差一點點，但可以牽手。」回家嘗試「使用」機械手的時候，工作坊結束前，影片裏兩位獨臂小孩戴上機械手後與同伴握手時流露滿足的笑容、他們的家人炯炯雙目裏的驚喜和神采、麥Sir字字鏗鏘：「我們研發，就是為了看到這畫面！」、「狂人」狂語：「全靠我們科技人，他們才重獲新生！」……幾個影像交錯，在我心頭駐紮，揮之不去。

我疑惑，要實踐以科技建立共融社羣的理念，關鍵因素在走得前的「科技人」身上，還是人們如何看待、如何接受、如何運用科技？科技和人，有比較哪個更重要的必要嗎？為什麼非得要從較量或取代中獲取片刻的優越感？

如果可以與戴上由我組合的機械手的小朋友見面，我必毫不猶豫上前拉着他的手，一起往前走。

風箏

雖說皮皮是個野孩子，然而她卻是連玩耍都和你講究規律的。當然，何時講什麼規矩，這一切自主權就全掌握在她手中了。

每到週末週日下午兩點至六點，皮皮是鐵定要到屋邨公園和球場流連的。那兒有她最好的朋友文文，也有一大堆每周聚頭半生不熟的玩伴，有些甚至連名字都叫不出來，但每星期的公園之約卻鮮有失場。

皮皮的膽子是從小練就的。大約五歲的時候，她首次獨個到樓下商場的連鎖快餐店買冰淇淋。那次是個倒楣的經歷。皮皮踴踏着興奮的腳步連跑帶跳直奔大堂，緊抓手心裏剛問外公討來的十多塊錢，冷不防一下碰撞，零錢遍地碎散，眼巴巴的看着幾枚硬幣骨咚咚的掉到軲槽空隙裏……不甘心的皮皮飛奔回家，再向外公討零錢，外公是事事依她的，零錢輕易到手，她又再旋風式的奔下樓。

狂奔到商場時，不慎摔了一跤，皮皮仍巴巴的抓住錢幣，偏偏還是有幾個不爭氣的從指縫間漏了出去，在她爬起來的時候，她還未知道旋風冰淇淋是註定要泡湯的了。匆匆撿拾零錢走到快餐店櫃檯，許是湊不夠數，又或糊裏糊塗說不清楚，反正最後還是買不到旋風冰淇淋，只花了兩元八毛錢換一個最最普通的雲呢拿威化甜筒。不過折騰半天才終於到手的冰淇淋，怎麼說都還是特別滋味的。

有了這次經驗，日後皮皮要獨個兒上街的話掣肘就更多了。因為當她向別人炫耀自己如何「成功」買到冰淇淋的過程，外公就必遭一頓義正辭嚴的教訓。「才幾歲的人兒，豈能讓她獨自上街呢？出了事情再後悔就為時已晚了。就算她央求，難道就不能拒絕嗎？就算公園裏一堆老頭大媽都認識皮皮，難道就安全了嗎？陌生人還不是一大堆嗎？」連珠炮發的教訓轟得外公頭昏腦脹，然而他也無心強烈反駁，雖然他並不認為自己有錯。「從這兒到快餐店來回不過十分鐘的路，連馬路都沒有。」隨意說幾句，又抖抖手中香煙，燃燒成半凝固狀的煙灰瞬間粉碎。

我疑惑，老人在擄拐兒童的新聞鬧得沸沸揚揚的兇險世代放任年幼孩童獨自上街固然魯莽，但造成皮皮這渴求放縱的個性的，又真的只有外公一人嗎？

現在皮皮已經有膽量去更遠、更陌生的地方了。從柴灣到北角中藥店替外婆拿藥，不過是一程巴士，皮皮收到指令二話不說背起小手袋就出門。

冷不防回程巴士上，猛然看見將軍澳幾個字，小小的心臟如紙杯裏的藥湯顛簸不止。「阿姨，最近的地鐵站怎麼走？」我只能說，以一個三年級的小女孩來說，皮皮實在膽子大，遇上亂子時也很是鎮定，但這點自立與冷靜並不使我認同成年人們的行為。當然，就算我不認同，又可以說什麼呢？

最後皮皮自然是順利回到柴灣的，只是她大概仍未弄清楚為何在下車的地方登上同一路車，目的地竟截然不同。「有上學、認得幾個字果然是不同的，至少迷路也曉得尋歸途。」這是讚美嗎？大抵這次之後，大家只會更鬆懈，而皮皮也更可以引此經驗振振有辭地宣示自己絕對有往外跑的能力。

「不要常讓皮皮獨個上街，太危險了。」

「樓下而已，一星期也只有這兩天過來我們家才可以到公園去，平日她補習後吃飽回家梳洗後便睡，幾乎連玩字也不認得。」看似隨意的應答中摻雜淡淡的憐惜。

「對！補習社裏不好玩，老師說做完功課可以玩，玩就是看圖書，但所有圖書我都看過了，每一本都看過。我由高班開始就在那兒做功課了，那堆圖書我看過幾百次。」有人撑腰，皮皮趕緊搭訕。

「不是說不讓你玩，是不能讓你獨自放浪上街流連，太危險。」

「我很棒，沒問題。」

最有資格干預的人不發聲，我們這些旁人多話就更顯好管閒事，也不得不自動靜音。

「我上一次見爸爸是上個月十五號。」

「你跟他說想念他，叫他回來吧。」

「但是我不想他。他不用常常回來，我要的是自由。」

「什麼是自由呢？」

「我現在就是半自由，如果可以每天都去公園玩就是多過半自由，我想全自由。」

「什麼是全自由？」

「做我想做的事，完全沒有人理我就是全自由。」

不知從何時開始，大家都漸漸把皮皮當成半個野孩子，半放任的。我無法理解一個只有八歲的小朋友追求的是什麼樣的自由，更無法理解她所解讀的自由。皮皮的想法是半成熟中又帶點恰如其分的童稚的，和大部分孩童一樣，她熱愛快餐，可是卻也過早地和許多年輕女生共享相同的煩惱——減肥。只是何時吃快餐何時減肥肉，沒有人會掌握到她的計劃。就如難得的週末她要到公園和友伴玩多久、玩什麼，沒有人可以左右她的安排。因為這是她強調自己應得的、不可被侵佔、被剝削的半自由。

皮皮是風箏，線轆在手上，風箏卻是在天空很深很深處飄盪，愈盪愈遠，愈盪愈起勁，可以扯回來，不過總得花點時間和力氣。

思念

Paris

思念從來都是虛無的，有時甚至可以說，是極其老套的。

當思念來襲的時候，許多許多當局者以為很浪漫的行動，其實是老套到極點的。這天超記下班後照例打開信箱，伸手一摸，摸出兩封信和一張明信片。

「唉，女大不中留，今晚又要『電視撈飯』了。」不用上樓入屋，只需開信箱，超記就知道女兒回家了沒。因為女兒放學回家前第一件事，必然是開信箱，對於信，她尤其着緊，就連不用上學、不用外出的週末，女兒也會在中午郵差派信的時分，特地下樓去開信箱。

「雯雯？」果然不在家。超記打開冰箱，把剛從超市買來的菜心和瘦肉放進去，拿出冰凍的特價啤酒，打開喝一口，燒水，再從櫥櫃取出三包快熟米粉，將乾巴巴的米粉餅、調味粉和油脂統統放進特大湯碗裏，又喝了大口啤酒。水開了，汩汩注進湯碗裏，油脂融化，冒起的白煙連同一切都藏在鍋蓋之下。

自從妻子離去後，超記一直和女兒住，可幸父女二人感情融洽，幾乎無所不談——除了某些話題。近一、兩年，女兒甚至常說要為他做媒，慫恿他結交女友甚至再婚，昨晚女兒又說起這事，「就當多個阿姨照顧我啊！我很開明的！」

「我已經長大了，你不用擔心，我會照顧自己，而且功課也很忙，壓力又大，有時也得和朋友外出輕鬆輕鬆減減壓，可以陪你的時間一定愈來愈少，你獨留在家，我怕你悶呢！」

「悶你個頭。哈哈哈哈！」超記嘩啦啦灌一口啤酒。

「琪琪去快餐店兼職，這個月賺到一千多塊呢！」

「要自己賺零用錢？」超記爽快地在腰包裏掏出錢包，拿了五百塊給女兒，紙幣上還黏着幾片又小又薄的、從皮包上掉落的灰黑人造皮屑。

女兒已經是中五學生了，大概也真有點壓力的，可是常見她窩在沙發上機不離手，看着屏幕「卡、卡、卡」傻笑，轉頭又伏在書桌上遮遮掩掩的寫信，五彩色筆散滿書桌，這又令他疑惑，到底是讀書壓力大還是什麼呢？每次聽到類似「壓力大、沒時間、找媽媽……」這等話，超記心裏都不是味兒，他知道女兒其實並非想要個新媽媽，她不過想父親找個伴，然後換更多的自由：交友的自由，兼職打工的自由，當然少不了談戀愛的自由。超記不忍揭穿女兒，每次都只能哈哈哈以笑帶過。

幾分鐘後，米粉已經完全軟化了，點點油星浮在味精湯面閃亮閃亮。超記「三扒兩撥」就已經連湯帶粉吃得一滴不剩，洗乾淨碗筷，把啤酒一飲而盡，全程也花不了十五分鐘。

「『長洲有櫻花，下次你也來看看。』啐！無聊！去長洲也要寄明信片！連名都沒有，見不得人麼？肯定好人有限！」超記雖然滿口不屑，但他自然是不敢讓女兒知道他看過她的明信片的，他怕極了冷戰，試過一回已夠惱人了。

「你這是侵犯了我的私隱！你懂得尊重嗎？」

「明信片嘛！三五個字明明白白的寫着，無遮無擋的，誰曉得不許看呢？而且我是你父親，即使看過也沒什麼大不了。」超記萬萬沒想到自己隨意的回應竟使女兒勃然大怒。

「嘭」一聲關門巨響過後，女兒過了三天才重新和他交談。自此以後，超記在女兒面前，有關郵件什麼的，一概連問都不敢問，無謂惹起不必要的爭端，怕傷感情。

「不過看看罷了，有什麼大不了的。唉！女兒長大，父親就沒用了。」這些晦氣話，除了超記自己聽了上百遍，絕對沒有人聽過。

超記始終想不明白，其實自己從前也給女朋友寄過明信片，那時隨家人回廣州探親，女朋友竟叫他寄封信回港。探親不過幾天小事，犯不着要做寄信這般無聊事，超記一口拒絕，結果女朋友連電話都不肯接，教他完全摸不着頭腦。後來勉強到廣州郵政局，買一張明信片，瞎想半天都搞不清要寫什麼。結果想了一晚，隔日還是只寫了地址和姓名，貼個當地郵票就投進郵箱。女朋友後來成為了他的太太，還是拿這樁事來取笑他。

「連寫張明信片都沒頭沒腦的，只有地址、名字，誰曉得你想說什麼？差點連是誰寄來都搞不懂呢！」這件事，女兒也是知曉的，更曾和媽媽一同取笑他。「最少也得寫寫『掛念你』、『想你』、『我愛你』之類嘛，阿爸你真老套。」

「堂堂男子漢，我才不要那麼『肉麻骨痺』！」

「嫌肉麻你又寄！女生就是喜歡肉麻啊！」

當年的那張明信片，至今還壓在女兒書桌的玻璃下。超記撥開文具書簿看看，明信片還在，「啐！怎麼這張又不算私隱呢？能稱得上明信片，設計又那麼開揚，就是明擺着給你看的意思啊！要秘密不如寫信！」

九點半了，超記又開了一罐啤酒，任遙控器轉來轉去，電視都只放映着連女兒都不願看的肥皂劇，停在哪一台，似乎都沒有分別。

「唉，連續四天『電視撈飯』，從前有事沒事都找爸爸，現在有事沒事都不找爸爸，哪有這麼多自修室要去的！」本來提起話筒的手，還是換成遙控器，然後又換成來自長洲的明信片。

「哼，到底是個長什麼樣的無聊傢伙呢？」

贈品

魚仔最喜歡逛菜市場和超級市場。

這天下班後她又到超級市場「巡視業務」。「難得附近有大型超市，不逛對不起自己呢！」看到新上市的標榜鈣含量豐富的奶類飲品，單單鈣質豐富兼沒有奶羶味兩個賣點已深深吸引她，右手迅速在貨架旁「泊」好手推車，左手已拿起飲品深入研究一番。

負責產品推廣的姨姨見魚仔仔細研究各種口味飲品的營養標籤，連忙熱情介紹：「以你的年紀，每日不可喝超過兩盒啊，會鈣超標！」說時不忘舉起「V」字手勢，然後更遞上小杯原味豆奶請她品嚐。

「先試試原味，有興趣再試其他口味啊！慢慢試，試到對味的才買，不用擔心『冇幫襯』，不對口味的話買了也浪費，哈哈哈哈！」看來姨姨是個爽朗豪邁的樂天婦人，魚仔道謝後接過豆奶，姨姨的話匣子就再沒闔上。

手舞足蹈的姨姨又先後送上銀杏、芝麻和燕麥口味的豆奶，雖然魚仔知道自己一定會買，但更知道自己一定買得不多，頻頻試味只會令她倍感抱歉和尷尬。「每種口味都試試吧！不用客氣！不試過怎知喜歡不喜歡？銀杏口味最滑，黑芝麻口味最香，燕麥味好像有渣，我不喜歡，但又很健康。人人口味不同，舌頭也有個性呢！很難選擇，所以非試不可！」姨姨的積極實在叫人難以拒絕，奈何回家路程太遠了，這天她只是湊巧到港島工作才會逛這家超市，要是在兩小時路程上提數十包飲品豈不非常愚蠢？

「姨姨，不好意思，我住得遠，實在不能多買呢。」魚仔考量過，又看看手提袋裏幾本厚厚的書，最終決定買四盒好了。

「沒相干！一盒也照賣！誰說一定要買很多？除非你要買半盒啦！買半盒就『考起我』了，哈哈哈哈！不要緊，各種口味我都跟你介紹，過些時候其他超市也會出售這個品牌的豆奶，到時你就知道買哪種口味最合適。」

「我買芝麻味吧，因為芝麻味的奶味最淡，相信媽媽和婆婆會喜歡。」當姨姨知道原來這些豆奶是打算買給媽媽和婆婆喝的，立時顯得更雀躍了：「嘩，你的媽媽和婆婆真幸福，我的兒子和媳婦才不管我呢！我跟他們說我的骨頭『噼嚦啪嘞』，你知道他們怎麼說？媳婦半聲不響，兒子竟然叫我『啪』來聽聽啊。真是『可怒也』！哈哈哈哈！不過兒子長大就是這樣啊，他常常幫我的話，媳婦也會不高興。怎樣也好，我還有能力照顧自己就很不錯了。年輕人有自己的想法，我也年輕過，怎會不知道呢？哼，他們不理我，我自己買給自己喝好了，才不管他們。哈哈哈哈！你那麼照顧媽媽和婆婆，我多送兩盒給你，加起來你媽媽喝兩盒，你婆婆喝兩盒，你也喝兩盒！」

「其實我也不肯定婆婆會不會喝呢。」

「就算婆婆真的不喝，看到你關心她的健康，她也高興。我也是別人的婆婆，這種心情最清楚。」

「她可能會覺得我浪費。」

「刀子口，豆腐心。我的媳婦常常不作聲，她心裏想什麼我都不知道。」

只買四盒豆奶，姨姨送出的贈品分量應該是超標了，魚仔連忙謝絕好意。但姨姨堅持：「唏，我請！來，芝麻味，別跟我客氣！」盛情難卻，結果魚仔送了一塊巧克力給姨姨，二人多聊一會就愉快地道別了。

回程路上，魚仔覺得這幾盒豆奶特別重、特別有分量。當然因為她一直是女兒，也許更因為她剛成為兒媳婦不久。角色、身分的轉變，叫她充滿恐懼，有時甚至會出現龐大的不安，不安感源於壓逼，壓逼源於自我懷疑或被旁人挑剔不稱職。她不曉得該做些什麼才算一個稱職的媳婦，每次她聽到：「我媽很辛苦，我們要對她好一點，儘量遷就她。」時，她只感到莫名的委屈。

以前從來不知道會出現這樣的壓力，更不知道這樣的壓力原來如此可怖，可怖得像匿藏於隱蔽獸穴裏、時刻對徘徊洞口的獵物虎視眈眈的猛獸。無處尋求支援絕對令人感到無助，無助的感覺使魚仔更不敢傾訴或求援。她知道婆婆不是對她不好，甚至也很照顧她，但有時有些做法和習慣，她真的無法認同，也難以接受。「我媽很辛苦，儘量遷就她吧，你一直都很孝順。」不孝的罪名太沉重了，魚仔只好選擇沉默。不過魚仔明白，恐懼是必須克服的、憂慮是必須消除的。

組織新家庭、建立新生活，大家都需要時間和空間慢慢適應。凡事包容、凡事忍耐當然好，但並不是要因此而失去任何一個角色。總得嘗試在溝通中磨合，找到大家都自在的相處方式。

這意外的一課，魚仔得到的贈品除了兩盒飲品，也實在地提醒她要一直做個好女兒、好媳婦，而且無論如何，也不忘要愛錫自己。

「記得提她們每天不可喝超過兩盒啊，年紀大，吸收過量鈣對身體有害啊！哈哈哈哈！你也要喝兩盒啊！」

舊同學聚會

一桌十二人，雖說全是舊同學，但有半桌是陌生人，包括容貌早已變得像完全沒見過的和有印象見過面，但無法連繫上名字的。另外有些是曾經相識，畢業後卻早在時間巨大筲箕的網羅裏篩去的。一羣陌生和幾近陌生的人圍坐着，有什麼事可做呢？

費了好大的勁，瑞萍才總算全部認出同桌的十人。這夜，瑞萍最熟悉的朋友碧碧不在身邊，因為碧碧是今晚宴會的司儀，目光無處投放，只得勉力向台前引頸，假裝沉醉在活動中，享受司儀彷彿幽默的互動。

其實瑞萍是極抗拒這種校友聚會的，許多年前就開始抗拒。這次要不是碧碧連番催逼，她才不願勉強赴會。如早知道碧碧整晚台上台下團團轉，自己只有乾坐的話，她誓死不來。

「每年聚會你都不來，每年都說有事做，可是老師們仍然記住你，每次都有老師問為什麼你沒來。今年是大家畢業十五周年，而且我們當年的班主任要退休了，你就當見見她也好啊！想當年陳老師也很疼你。」

十五年，就是因為十五年來除了剛畢業那兩年有重聚過之外，都沒怎麼和大家見面才叫人更不自在啊！其實如果大家可以平平靜靜，或者只聊些不着邊際的事，這樣的飯聚瑞萍是還可以接受的。偏偏久違的相聚，又哪有平淡往來、水過無痕的可能？總有些話、有些人愛牽扯人耿耿於懷的心神。

瑞萍自覺坐在這個圈子裏渾身不自在，有種格格不入的無助。嚴格來說，沒有人排斥她，也沒有人漠視她，反而是大家都熱情地關注她，才令她更不自然。那是一種曾經存在於這個圈子，但現在已經不屬於，也無法再進入這個圈子的感覺。瑞萍試圖叫自己放鬆一點，若無其事地和大家交談，閒話家常，像在升降機裏遇到好管閒事的八卦師奶那樣，嘻嘻哈哈蒙混過去，但是，她做不到。

坐在身邊的莉莉已嫁作人婦，瑞萍也在「面書」上看過她「放閃」，是莉莉在「面書」上主動邀請瑞萍加為朋友的，但二人卻從沒交流過。這天，莉莉遲到了，和從前一樣，仍是個厚臉皮的遲到大王：「噢，我又遲到了，大家以後叫我『麗慈』（例遲）吧！呵呵呵呵！」絲毫歉意都沒有。難得當時大家也包容，好像從來沒有人為她的「例遲」埋怨過。就是有時調侃幾句，也像開玩笑一樣輕鬆。今天她遲了不到十五分鐘，相比以前，是很大的進步了。她邊拉椅子邊迅速和大家打招呼：「我要等老公車我嚟所以遲咗呀。」

莉莉甫坐下劈頭就問：「瑞萍，你是不是也結婚了？」

「未。」

「也快了吧？」瑞萍但笑不語。

「竟然未！以前我們都以為你一定是最早結婚的那個呢！」另一人搭腔。

「很多同學都成家立室，小孩都幾歲了，我們反倒羨慕你自由自在呢！」

「為什麼還不結婚呢？女人老了要嫁就不容易。」

瑞萍還記得，當年大家為她起的花名是「水皮」，她討厭極了，可惜眾人似乎很喜歡似的，一叫，就停不來。她不知道大家是否還記得這名字，但願所有人都已經忘記了。對於話題突然落在自己身上，她感到尷尬極了。尤其是，這是一個如此敏感的話題。其實，再過幾個月，瑞萍就會旅行結婚了，只是她又覺得沒必要向他們提起，更不想在七嘴八舌的評論之中交代，像是要急忙為自己辯解。

「聽碧碧說你是個工作狂，是不是想做女強人啊？」碧碧永遠都那麼多話。

「陳老師，你好嗎？好久不見了。」坐了半晚，終於見到老師。老師腰略略半彎，身子老像是微微前傾。

「瑞萍，終於找到你了，聽碧碧說你今晚會來，但我看了很久偏偏看不到你坐在哪兒。十多年不見你了！你瘦了很多，是工作太操勞嗎？你還年輕，不要累壞了身體。年紀一年一年長，要特別注意體質的變化，可以的話，也儘量做些輕盈的運動，只要加倍注意，多活動一下也是好的。」老師還是如從前般溫柔，喁喁叮囑，把他們當孩子一樣。

「我退休了，生活較清閒，日後你有時間的話，我可以多去找你。」

聚會終於完結了，人們陸續散去，碧碧的司儀任務也完成，終於可以回歸，狼吞虎嚥碗裏早已冷卻的飯菜。「瑞萍，你永遠是最好的！我就知道你一定會給我留一份，我餓極了！給我十五分鐘，十五分鐘後我就有氣有力送你回家！放心，我已經電召了強哥。」

宴會廳的燈開始陸續暗下來了，瑞萍想起當年謝師宴後大家捨不得散去，會場的燈也是這樣暗下來送別他們，大家意猶未盡，蹦跳着走到街上繼續拍照……

「來，跟我走！你幫我抱住手袋。」碧碧嘴角的菜汁還未抹乾淨，已旋即走到瑞萍身後，步法熟練得流麗。

又一次，在碧碧的推動下，瑞萍和她的輪椅緩緩前行了。

學習

93K.11

愈來愈多有關怪獸家長的報道了，甚至有專門交流與怪獸交手的經驗的羣組，雷老師每次讀到這類文字，笑着笑着，淚水就出來了。

雷老師執教鞭剛超過十年了，初入行時，自然是要受到許多挑戰的。始料未及的是，十多年來，挑戰她的人有增無減，提出的事由和「理據」也愈見奇幻。

「叫你校長來和我談！」

「陳太太，我會比較清楚你兒子的情況，還是由我和你談比較理想。」

「叫校長！你沒資格和我講話！」

我是班主任，為何沒有資格直接和家長談呢？雷老師心想。當然，「行走江湖」十年有餘，這種問題她不會貿然提出——實在沒必要以身犯險。

「你沒有生過孩子，怎會懂得教孩子！你應該用我的方法！」電話那頭高聲吼叫，雷老師只能強遏怒火，不慍不怒地說：「陳太太，和你一樣，我們都是為了孩子好，在家用你的方法，來到學校，用我的方法，讓他明白社會上不同的人對他有不同要求。最關鍵是我們要一起扶助他，讓他學習。」

「你根本不明白，你沒有教孩子的經驗，怎能教育他們呢！怎能說服別人你有能力教好他們呢！連最基本要讓他們有愉快的學習經驗和滿足感你都做不到！動不動就記過，難道就不能給孩子機會嗎？叫你的校長和我談！」

「陳太太，除了快樂，孩子也要學習承擔責任，他這次揮拳傷了同學，所以我們……」

「我要見校長！」

在電話裏環迴往復糾纏了個多小時之後已經九點半，雷老師拿出鎖在抽屜裏的考卷數點一次，放入密實袋，再放入手提袋，同時也把評分參考擠進袋子裏，急步小跑到巴士站。

一個濃妝艷抹的少婦帶着約莫五、六歲的小胖子來到車站等車，車站只有雷老師一人，因為當她跑到巴士站時剛好送車尾，巴巴看着巴士引擎轟轟兩聲絕塵而去。

「太太，請在後面排隊啊。」

少婦沒有反應。「太太，請排隊，從後面開始排。」雷老師更堅定地再提出了一次指示。

「拿着這張卡，待會司機旁邊有個小機器，你上車的時候把小卡往小機器上拍一下，聽到『嘟』一聲，就是付車費的意思啊！寶寶好棒棒的，媽媽知道你一定會成功付費的！」少婦手舞足蹈地說，誇張的反應和表情，十足演技生澀的學生演出校園劇時過分扭捏的面容。而那個小胖子呢？只管低頭不停撥弄手機和喊「我要可樂！」後猛吸幾下他母親手裏的飲料。

「太太、小朋友，乘車是要排隊的，請排隊。」

「下次媽媽帶你坐地鐵時教你用那個轉轉轉的好不好？」數次要求少婦排隊仍被漠視，雷老師實在忍無可忍。「太太，你和你的兒子都要排隊。你要教小朋友坐車，就更應該教他排隊，這是必須的禮貌。」

「哎唷，反正沒有人排隊，不要那麼計較，這會影響小朋友學習，留下負面印象就會抗拒學習。」少婦振振有辭的彷彿滿有教育心得。雷老師是不甘就此罷休的，「怎麼會沒人排隊呢？我就在排隊。我比你們先來，你們要排在我的後面。小朋友，你也要學習排隊，這是秩序。」

小胖子一聽，立即哇哇大哭，雙手在空中亂划亂撥，狠狠地跺腳，大叫大喊：「我不要我不要！」少婦趕緊手忙腳亂地在小手提袋裏掏出已拆開的珍寶珠，隨即再送上一包薯片：「唉呀唉呀寶貝不要哭不要哭，不用怕不用怕，沒事的沒事的。」並怒瞪着雷老師教訓她不要嚇壞小朋友。「你嚇到我的兒子了！」

「唉呀寶貝不要哭，沒事的沒事的。」小胖子依然大喊大叫跺腳頓足發脾氣，亂划亂撞的手更打到雷老師的手臂。目中無人的少婦還是方寸盡亂似地喊：「沒事的沒事的，寶寶乖，寶寶是最棒棒的。」

「怎麼會沒事呢？打到別人要道歉，坐車要排隊，這是最基本的禮貌，小朋友要學，大人要教。」

當然，現實生活不可能有電視劇裏當頭棒喝霎時醒覺大徹大悟的悔過情節，小胖子還是一直哭喊咆哮，少婦依然又呵又哄。排隊的人愈來愈多，小胖子漸漸冷靜下來專心吃薯片，薯片的碎屑掉落地上，少婦的高跟涼鞋和小胖子的球鞋把碎屑踩得更碎。

車子來了，少婦和小胖子始終穩穩地霸佔登車的位置。少婦把珍寶珠塞到小胖子嘴裏，用小童八達通在拍卡機上飛快地拍了一下便拉小胖子去佔位置。

「第一，你們插隊，已經做錯了；第二，車廂內是不可飲食的；第三，你們兩個人，只付一份小童車資是不足夠的，這是欺騙巴士公司。」小胖子又哭了，叫聲震耳欲聾，令人煩躁。車廂裏的人除了瞪着這對母子，也狠狠地瞪雷老師。

小胖子繼續哭鬧，沒有人吭聲，連司機也不吭聲。旁人不插嘴幫忙免生事端，她可以理解，只是竟還投來鄙夷的眼光、厭惡的嘴臉，又是什麼意思呢？教育之於社會，又有什麼意義？如果連據理力爭抱不平也要反遭白眼……

「媽媽她罵我！媽媽她罵我！」小胖子聲嘶力竭，少婦忙亂地哄他，奴婢一樣卑躬屈膝，除了向雷老師連珠炮發的時候。

「我就說你斤斤計較影響孩子的學習情緒！你憑什麼非要咄咄逼人不可！」

眾人的目光落在雷老師身上如針尖，她頓覺通體的寒意，狠狠地扎得她滿身滿心陣陣刺痛不止。

名字

自懂事起，美慈就曉得自己必定要加倍努力，即使沒有任何人的督促或監察，即使周遭有許多誘惑，美慈都能心無旁騖，一往無前，而美慈是後來才懂得自己是比別人更早懂事的。

美慈的母親很早就離開了。母親是個沉鬱的女人，從小美慈就聽到母親整天絮絮叨叨的低聲沉吟，但始終未能清楚聽到她口中唸唸有詞的是什麼，無間斷的呢喃讓美慈童年像活在虛擬的幻覺中。

「你一定要能幹，要出色，要爭氣！」母親沒有留下許多教誨就離去了，美慈印象最深的，只有這一句。

後母是個善妒的女人。對於別的女人，她充滿戒心，絕對不容許父親跟其他女子有任何接觸，哪怕只是跟相識十數載的鄰里打招呼，後母也必向父親嚴加拷問。對於美慈，她也嫉妒，有重重敵意。

「你聰明，知道自己沒有美貌，就用智慧吸引你父親，哼！和你的母親一樣陰險。」第一次聽到後母說這句狠話時，美慈已經小學快畢業了，並從老師手中接過成績單和派位表格，明白暑假後她將獨個升讀區內唯一的英文中學。當時美慈並沒有太大的興奮，因為她早就知道這是她必須做的。老師經常提醒她：「你是班上最出色的，你有能力，絕對要入 band 1 英中！」母親從前的教訓也深深植根她腦海：「你一定要能幹，要出色，要爭氣！」但是她找不到不讀書的理由，也從沒有人叫她別要那麼努力讀書，即使後母也沒有，後母根本沒這種閒心來理會她。

至於父親，他只知道每年見家長老師都誇獎美慈，從不增添他的煩惱，是個可令人大大省心的女兒。這段罕有的獨處時間，父親會給美慈買瓶可樂和一點零食，並囑咐美慈在回家前吃完，腳步總是急匆匆的，大抵因為晚了回家後母必定火大，所以美慈也總是很識趣的狼吞虎嚥。每次她都會選同樣的零食，其中一款是小顆小顆的糖和一張貼紙，另外她會選魚皮花生或者芝麻餅，和父親在路上一同吃，她知道這是父親愛吃的零食。美慈永不選大包裝的零食，分量多，回家不好收藏；價錢高，父親也容易露出馬腳，要是後母發現父親買零食給她但沒買給妹妹，一定要吵翻天，所以她寧可買一款可和父親共享但又不用吃太久的，再加一款便於收藏的。那包小小的糖藏在書包底，而可愛的貼紙，則工整地貼在筆記本上。其實父親間中也會偷偷買那款有貼紙的糖塞給她，所以她的書包底總有一包糖。美慈零用錢不多，但也足夠她偶爾買點零食獎勵自己，但這和父親買的，始終不一樣。

「啐！高等學府又如何？偏偏是個沒出頭的學系。要是你是個男的，人家便叫你建築師！女的，就算你願意做地盤，誰又肯讓你做！你去畫則『起樓』嗎？哪個信你做得來？說到底，還是沒出色。」

對於這些冷言冷語，美慈早就習以為常，不痛不癢。或者可說從來都沒為這些聒噪有過任何感覺。早在「你一定要能幹，要出色，要爭氣！」成為她腦海裏繚繞不散的金科玉律之前，她就曉得，對任何人的喋喋不休都必須毫無感覺。

美慈馬不停蹄地過活，彷彿有永遠未能達到的目標，永遠要急起直追似的。而其實如果你要她清晰明確地說出自己的目標，她肯定要呆立當場的。她試過，在面試的時候。從來她只知道要努力、要超越，只有一條路，一直向前衝，何況她的努力向來都是備受肯定的，沒有人不讚賞她——除了後母。然而這沒關係，任何人的批評她都不介意，任何人的誇獎她都不稀罕。所以當面試官問她：「出任這崗位的話，你的目標是什麼？」她簡直晴天霹靂。為什麼要有目標呢？只要向前，不就行了嗎？band 1 中學、建築學系，不都是向前衝就達到的嗎？衝到某一個分數，自然就有對應的單位，像數學文字題那樣，起初她常疑惑單位要寫什麼，老師不就說：「不用思考的，問題裏已配了單位給你，你要思考的，是解決那道問題，隨便在問題裏抽個單位就行了。記住，專心一意解決問題才是最重要的！」

「早就說你沒出色！畢業兩個月還沒一份正職，『白食白住』！你可別浪費你父親的錢！花十幾萬給你讀書也只是『白供』！你那麼本事，自己賺錢養自己！反正你已十八歲，你父親也沒責任供養你！你可別忘記要把學費『連本帶利』還給你父親！就是兼職也要還錢！」

後母罵個不停，父親沒為她辯護過半句，更多番向她「打眼色」暗示她別作聲。美慈不搭腔，翻開貼滿貼紙的筆記本繼續集中精神準備下星期的面試。

美慈忽然想到上幼稚園時，有一回老師吩咐他們回家問家長自己名字的由來，美慈拿着習作本，寫不出答案。她問媽媽，媽媽說名字是爸爸起的，叫她問爸爸。但那個晚上一直等到她要睡覺了，爸爸還是未回家。最後怎樣完成習作，她記不起，但她記得妹妹出生後，後母說過：「要起個好名字，不要像她，『又尾又遲』。」父親好像沒有回應，也沒有阻止後母不讓她抱妹妹。她竟然到現在才明白，「尾」、「遲」，原來她的名字有這樣的意思，她還一度以為是「美麗、仁慈」，是爸爸對她的祝願。不過到了現在才想到這件事，好像已經太遲了。

嫺姐

嫻姐一生勞碌，不過還是很滿足，任何境遇，她只用一句話勉勵自己：至少一家有兒有女，齊齊整整。

嫻姐難得申請到「批文」，可以跟一班金蘭姊妹去韓國旅遊幾天，興奮的心情難以言喻。年輕的時候窮，只管踏實地賺錢；嫁作人婦後，因為丈夫的獨裁個性，也因為要儲錢養家養孩子，更因為自己的陋習，幾十年以來，除了回鄉省親，嫻姐從沒試過出國旅行。

到埗第二天，嫻姐就接到大兒子的電話，大喜，以為兒子來電關心自己。豈料兒子說：「阿媽你幾時返呀？我哋個個都唔想煮飯呀！你再唔返嚟我哋就餓死喇。」

接下來的幾天，每到吃飯時間，嫻姐就不由自主地擔心丈夫兒子女兒女婿媳婦是否吃得飽，再多的地道特色美點，也食之無味般淺嚐即止。「唉，我自己一個來玩，來享受，兒女卻在家捱餓，我真可惡，不是稱職的母親。」嫻姐跟同行的堅姐說。

「你最小的兒子也已經三十歲了！你少擔心吧！他們餓自然會吃東西，難道這麼年長的人還會餓死嗎？難得出來玩就要盡興，讓自己好好放假！你一輩子都在為他們奔波勞碌，他們可曾感激你？他們只知你任勞任怨，你天天做到一百分，偶爾一天想稍作休息，得了個九十五分，他們都馬上要投訴你退步、不盡責！這道理說得過去嗎？」人如其名，向來剛烈的堅姐狠狠地教訓了嫻姐一頓。

唉，為子女勞碌，不正是母親的責任嗎？做得不好，子女怪罪也是理所當然的。嫻姐心裏有這樣的想法，話溜到唇邊又吞回去，因為她深知自己沒可能說服堅姐。堅姐向來堅強、決斷、有個性，她帶大的兒女、孫子也個個獨立、自主，就如即使堅姐要照顧孫兒，但每次她要外出，運動也好，和朋友上茶樓也好，甚至去旅遊也好，只需一句話：「我要放假，你們自己安排時間照顧孩子。」沒有一次是無法「脫身」的。單是這點，已叫嫻姐甘拜下風。

嫻姐的丈夫是個超級專橫的大男人，是個「壓迫型」丈夫，野蠻得可怕，其專制難纏的程度令人生出巨大的困擾。不過嫻姐還是覺得他是個好丈夫，因為他雖然沒支付家用，但買了一個長生祿位給嫻姐，好叫她將來有一絲香火，不用做遊魂野鬼。在世已被管制得步步為營，連死後也不讓她耳根清靜，嫻姐的丈夫簡直是不折不扣的操控狂，而且是個極度自卑的男人。

起初嫻姐早上到公園跟姊妹們跳大媽操運動筋骨時，並沒有告訴丈夫，因為她以為那是小事，而且是婦女聚會而已，丈夫應該不會介意的。豈料一星期後，嫻姐和姊妹們竟在跳舞時發現嫻姐的丈夫躲在不遠處偷看她們，也許因為老花的緣故，並沒有發現自己的行蹤已被識破。那傴僂的背影，像長期流連公園下棋的寂寞老頭子。

運動後大家上茶樓時，圓桌上嫻姐雖然和其他姊妹一起力數丈夫的不是，甚至明言因覺得丈夫不信任她而感到委屈受辱，不過回家後，嫻姐又若無其事似的，沒有揭穿那可惡的跟蹤行為。而嫻姐的丈夫，竟每天早上躲在公園不遠處的花叢後監視嫻姐，足足一星期。

丈夫對她的不信任行為其實已不是第一次了。嫻姐在屋邨附近的便利店工作了一段長時間，早已有一羣熟絡的客人，這些熟客有男有女，嫻姐記性好、人緣佳，總記得熟客習慣買哪份報紙哪本雜誌、哪個品牌的香煙啤酒糖果，這點使嫻姐更受歡迎了。平日道上相遇，除了打招呼，有時更會寒暄幾句。有次嫻姐和丈夫正要上快餐店吃下午茶，碰到熟客林生，很自然地打個招呼，林生順口問了句：「今天放假？」嫻姐就從下午聽丈夫囉嗦到入睡前一刻。

「他是誰？為何會跟你打招呼？」「為何跟你那麼熟絡，連你放假都知道？」「什麼時候認識的？在哪兒認識的？」連珠炮發的問題重重複複，簡直是疲勞轟炸。直至聽到丈夫的鼻鼾聲，嫻姐才終於覺得自己享受到今天的放假時間。

嫻姐的姊妹都為她感不值，覺得嫻姐的丈夫大男人，兒女又「唔生性」，都對她任意使喚。而嫻姐也不知何來的韌性，左一句「做到一家人係緣分」、右一句「無謂計較啦」，對諸般要求都總是容忍着，容忍着。

「麗姐，我明天開始不去跳舞了，大仔開始上夜班，早上我要煮早餐給他吃。」

「叫他自己煮啦！不然就去買啦！三十多歲的人，不用你擔心了。」

「不好的，他不曉得煮，未吃飽也不喜歡上街。」

「你煮完再來，一班姊妹等你啦！」

「不好的，我要等他起牀再煮。到他下月返早班時，我再和你們一起跳舞飲茶。」

「真是廿四孝阿媽！」

或者大家都覺得嫻姐奴婢性格，為她咬牙切齒之餘也批評她自討苦吃，只是沒有人知道，嫻姐之所以把丈夫兒女放在首位，對他們百般遷就，是因為她的第一個兒子。兒子三歲時一次肺炎發高燒，同屋主在聽到孩子的哭聲後才急忙把他送到醫院。嫻姐從麻雀館趕到醫院時，兒子已經返魂乏術，上夜班的丈夫穿着保安制服在陰冷的走廊上呆若木雞。這件事，成為夫妻心裏一根拔不掉的刺，也成為嫻姐餘生背負的沉重罪孽。

寄居

因為渴望自由，宜銘早就發誓將來有工作之後一定要搬離九口之家，脫離這侷促的囚籠，掙脫重重擾人的、難纏的枷鎖。

年紀小的時候，不知天高地厚，曾口出狂言將來必要事業有成，買屬於自己的房子。客廳、飯廳、睡房、書房、客房……在單面廢紙上繪畫居室平面圖，甚至還天真地幻想過到底要開放式廚房還是傳統廚房。那時宜銘流連圖書館，最愛讀的就是家居雜誌和與家居設計有關的書籍，圖書館裏每一本相關的書她都讀過，好些書她甚至讀過不止一次。只要一頭栽進這些居室異想空間，聯翩的浮想足夠她樂上半天。

到升讀高中的時候，留意到總是有樓價高企、蝸居、籠屋等等報道鬧得沸沸揚揚，她才意識到小時候的無知，太多虛妄無謂的多餘幻想。想到自己竟然有過這麼狂妄的、不切實際的想法，更恬不知恥地跟同窗友好分享過自己的「妄想」，宜銘臉頰都漲紅了。

自從偶然在電視上看過《安樂蝸》這個節目後，每個星期六晚宜銘都佔據電視機前最有利的位置「電視撈飯」。除了這個節目，其他任何時間她都不會和任何人「爭電視」，因為哥哥、孿生弟弟和妹妹四人已常常為看哪些電視節目而爭執，整天吵吵鬧鬧，令人煩躁。為此，宜銘從來不敢與鄰居打招呼，每碰到鄰居，她都把頭垂得低低的。為了自己嘈吵的一家對別人造成的滋擾，她羞愧極了。時刻羞愧的自卑感覺，也是驅使她急欲離開的重大原因。

宜銘羨慕她的同學，雖然嚴格來說她的家庭已經算很完整，而且是令許多人誇獎艷羨的好福氣四代同堂，但她覺得自己家庭有的，是另一種殘缺。家裏最不缺的是人氣，少的是清靜的時間，連半夜三更也有焯焯閃亮的燈和窸窸窣窣的奇異雜音。哥哥輟學前幾乎已徹底進入日夜顛倒的生活模式，即使白天多嘈吵，他也能睡覺，間歇上學，老師也投訴他睡得天昏地暗。輟學之後，正式成為三不「廢青」：不工作、不讀書、不上街。天亮眾人準備出門上班上學時，他依然半化石狀的蹲在電腦屏幕前；要是下午回家，打開門就可看到他蜷曲在沙發上入睡，有時打鼾像窒息，宜銘一度以為他會就此死掉；到黃昏大家都回家後他才會起牀，吃過晚飯復又蹲在電腦前打機，噼嚦啪嘞的似要打碎鍵盤，偶爾夾雜幾句髒話，和與肥弟弟的爭執。當然可以批評她先入為主，她只覺得這「廢青」哥哥一天比一天蓬頭垢面，鬍碴像蔓生在荒野上毫無個性的凌亂雜草，苟且如同鬍碴「主人」的人生。就連妹妹也說過，如果在街上看到這樣的人，她和她的同學一定會將之投進「宅男」或「毒男」之列。

「啊！不對！應該說死宅男或者死毒男，他連做正常的宅男、毒男都不配。」妹妹咬牙切齒地說。我不懂得分辨宅和毒，只曉得如果要用一個詞語形容這個家，「家無寧日」就是最貼切的描述。宜銘也沒有和妹妹特別投契，因為妹妹是個「是非精」，而且深得祖父寵愛的她像個女霸王。哥哥是長子嫡孫，奶奶對他的溺愛甚至比對父親的更深。而孿生弟弟呢？兩個中央肥胖的小童其實孿可愛的，雖然也是男孫，不過除了零用錢比較多之外，他們的遭遇並不比宜銘好很多，至少父親對三人的吆喝和呵斥是同等的。

直到認清社會的真相，宜銘立即切斷所有對置業的幻想，唯一不動搖的是仍然祈求獨居，哪怕只是小小蝸居，甚至劏房，她都不介意。只要可以有獨立空間、有個人天地，一切都不是問題了。

向來不愛求學問的她，在高中階段曾有過半刻的發奮。就在學科介紹週會時她驚訝地發現原來讀大學可申請政府津貼和學費減免，也有機會入住宿舍！宜銘聽到此消息後迷惑得以為得知天大喜訊，及後才清醒覺悟自己本來就不是讀書的材料，入大學住宿舍的想像簡直和置業一般癡人說夢，妙想天開。宜銘也不奢求嫁富翁，甚至連結婚也不去想像。她討厭婚姻，彼此廝磨，簡直虛耗生命，父親和母親就是最好的「人辦」。「求人不如求己，靠人不如靠自己。」這是她自小最常聽母親說的話，不知不覺也成了她的座右銘。

這天她終於有機會搬離這個高壓鍋了，家裏沒有人察覺她原來早已執拾過行李。嚴格來說，那小小一包的東西甚至稱不上行李，因為這個地方本來就沒有什麼屬於她。宜銘的行囊和她一樣，都是那麼不顯眼。

母親驚詫錯愕的眼淚一瀉而下。她痛恨母親永遠這麼膽小，永遠逆來順受，對眾人都包庇縱容，連流淚都是默默的，彷彿連嚎哭的資格都沒有。這樣的情況，其實每隔幾天就會出現一次，但宜銘還是無法接受。直到宜銘的眼淚也落下來，她才意識到原來自己對早出晚歸、懦弱沉默的母親竟有不捨。其實，是不捨、不忍，還是同情呢？

「將來我有能力，接你來和我一起住，但你要給我好好記住，只有你一個來就好。其他閒雜人等，不必來。」到了電梯大堂，母親還是默默垂淚，宜銘早已粗暴地一把擦乾自己的淚水，背着小小行囊，踏前去。

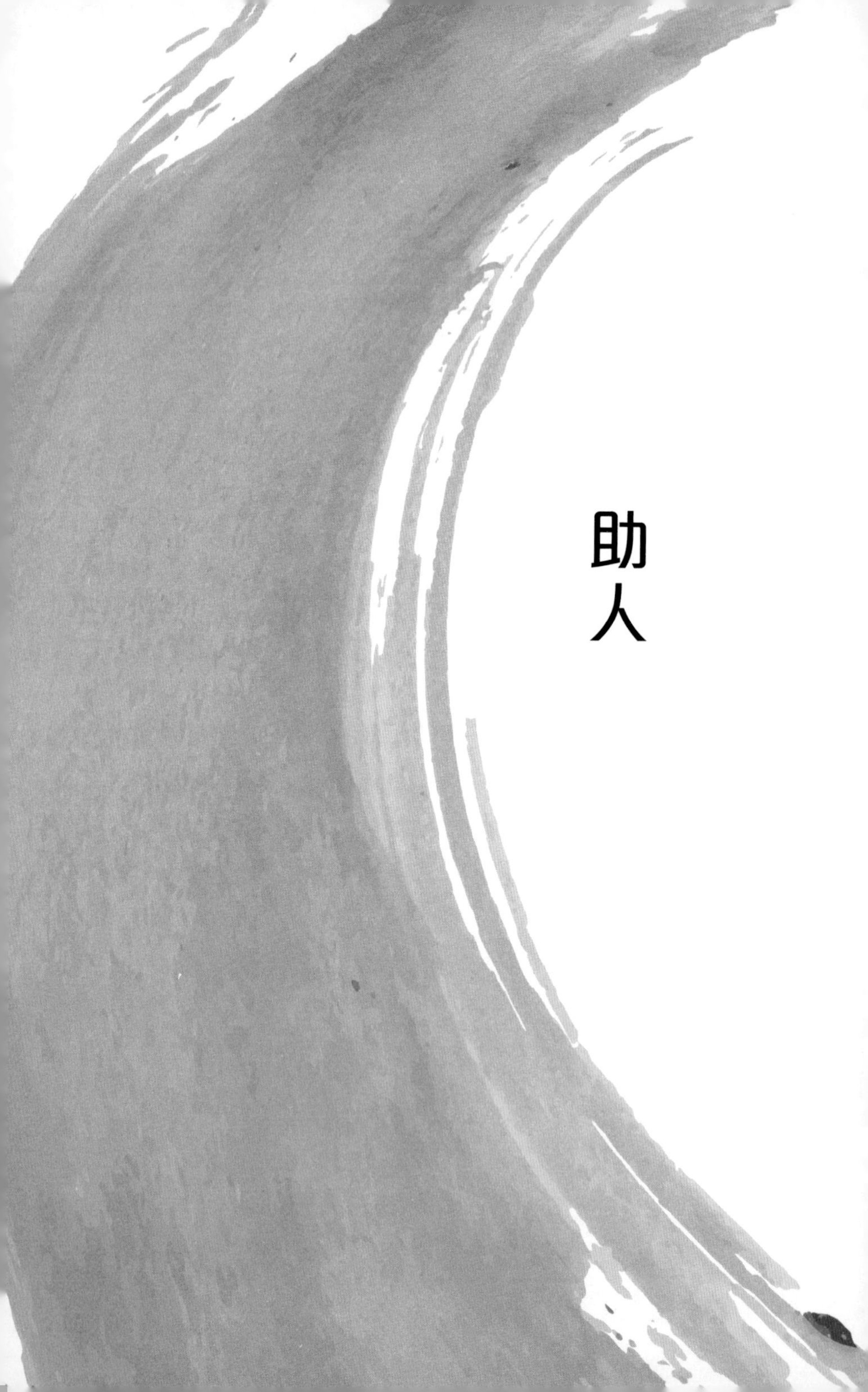

助人

「不好意思，請問你可以幫忙嗎？」「我……」

（一）

在火車上昏睡之際，突如其來幾下綿密的輕力拍打，我強撐開沉沉的眼皮，只見鄰座滿頭斑斑白髮的婦人把新潮的智能手機遞過來，問：「你知道怎樣關掉鬧鐘嗎？」手機鬧鈴長響不止，婦人也露出一副厭倦的、不耐煩的樣子。

本來在補眠的我，此刻也因鍥而不捨的響鬧完全清醒過來。面前這部手機，顯然比我的手機還要新潮，我是否懂得操作實是未知之數。不過關掉鬧鐘這等小事，該是尋常不過的工夫罷了，三兩下子應該就能解決。我正想伸手接過電話，沒料到手竟兀自停在半空，不敢碰觸熒幕。

腦海飛快閃過有關騙徒的新聞：「近日出現中年、老年人於車站、公共交通工具上以不曉得操作智能手機為由向乘客求助，當途人接過電話再交還後，機主即指手機被損壞，無法操作，要求賠款，甚至揚言手機上有對方指紋，責任無從推卸……」

「你嘗試按手機中間那個圓圈，看看有沒有一個鬧鐘圖案，有的話按一下，在顯示設定鬧鐘時間的頁面選擇關閉，應該就可以了。」

「我就是找不到時鐘！你幫我按吧！」老婦再次以手機推我的手臂，急切的樣子叫我好生為難，但我再三自我提醒，必須堅持不動手。

「可能在下頁，你向左掃一下逐頁慢慢看，我可以和你一起找。」如此口述幾回，我將故意交疊胸前的雙手夾於腋下，深怕自己稍一不慎按捺不住出手，老婦似乎也愈來愈不耐煩。

老婦在屏幕上左撥右撥掃來掃去，終於成功進入鬧鐘頁面後，湊巧鬧鐘又再響起，我趕緊提示她把熒幕上不住閃動的箭頭拉向左邊，即是「X」的一邊，結果，她把箭頭拉到「ZZZ」的一邊……「唉！」大概五分鐘之後，鬧鐘一定又會響……我猛然發現右手已不自覺抽出，趕緊把手放到大腿下，重重壓着。

「拉錯方向了，待會應該還會再響呢。」不知為什麼，反正我故意把話說得輕巧一點、語氣輕鬆一點。

老婦大抵因為無助，也因為相當憤怒，話也不回，兀自把手機摔回手提袋裏，唸唸有詞低聲咒罵。

我掙扎着，很想請她再次掏出電話，我可以比剛才更耐心地指示她關掉鬧鐘的步驟，但真的不願意接觸她的手機。不過瞥見老婦的怒顏，聽着她的怒言怨語，我委實不好意思開口，只好闔上眼假寐。

好不容易，終於熬到了紅磡站，期間還因為要等直通車的關係多等了好一會兒，猶幸我們終於可以下車了。老婦的鬧鈴還在響，約莫四十分鐘的車程裏，電話的鬧鐘的確響過好幾次，但她再也不掏出電話，唯獨每當鬧鐘響的時候她的埋怨也格外重。我無法再入睡，卻也不敢張開眼。老婦咒罵時，大概會狠狠地盯着我，然而我終究不敢正視她。因為鬧鈴聲，也因為老婦持續的咒怨。每一句我都分明聽到，但始終不敢反駁，甚至竟自覺有點理虧。我是做錯了嗎？

（二）

「我這手機是新的！你按了什麼鍵現在連機都開不了！你別走！你得賠我手機！我這就報警！你可別想走！」陌生大媽在巴士站扯開嗓門大呼小叫，霎時間周遭的人都轉過來看着我和那位大媽。

「我的手機可是新的，剛剛買來的，你這人怎麼這麼沒良心，連老太婆都欺負！你這是要遭懲罰的！我要你賠錢！要不賠我新的手機！你別走！你別走！我要叫警察來抓你！」

「近日出現中年、老年人於車站、公共交通工具上以不曉得操作智能手機為由向乘客求助，當途人接過電話再交還後，機主即指手機被破壞，無法操作，要求賠款，甚至揚言手機上有對方指紋……」當我初次看到這個提醒，已經是好幾個星期後的事。那次在巴士站擾攘過後又到了警署，雖然到最後還了我一個公道，但糾纏的過程委實叫人疲憊不堪。

「好管閒事」、「自找麻煩」等等指控如幼細的尖刺扎在人心上，也叫我對人的信任深受打擊。不止陌生人，甚至還包括向來以為親好的友伴。

「誰叫你這麼好心腸呢！受害也是活該！」

「你這是自討苦吃，叫誰可憐你？每個星期都播《警訊》，看來就只有你會上當！」

「閒事莫理……」

「從沒想過你愚蠢至此。」

「騙徒的詐騙手法層出不窮，這種劣等騙人手段，想不到真的有人上當。人多的時候偏偏不發問，到只剩你兩人才問，憑這點你就該知道對方有可疑了吧？」

飯桌上、警署裏，彷彿人人都有批判、評審受害人的資格。

（三）

那次之後，我發誓再也不碰陌生人的手機，再也不讓自己落入那種可恥的陷阱裏。但像今天這種情況，我在假裝入睡的時候停不了地思考，到底如何判斷一個人是真的需要協助還是騙徒呢？如果對方真的需要幫助，而所有人都因為抱着防人的戒心而拒絕支援，他們又可向誰求助呢？

看着白髮蒼蒼的老婦蹣跚而行的背影，本來故意落後的我快步上前，主動提出為她關掉手機的鬧鐘，老婦欣然掏出手機。

接過手機的一刻，響亮的嗓音割開鬱悶的空氣：「我這手機是新的，怎麼突然連畫面都沒有了！你別走，你……」

最後看見的義工

陳先生每天都穿黑色的短袖襯衫、黑色長褲和黑色皮鞋，每天下班後都會到寧養院，一年三百六十五／六天，風雨不改。

寧養院裏的每一位，包括日夜輪流當值照顧病患的醫護人員、情緒複雜糾結的患者家屬、在病榻上倒數生命的病者……每一位，都是陳先生的朋友。

每次到寧養院，都要經過一段短短的上坡路。其實寧養院門外就有專線小巴停靠站，但陳先生偏愛提早一站下車，因為他想經過那個只有一張椅子、兩株樹的迷你公園。那兩棵樹長得高大，像卡通樹——兒童畫冊上那些枝葉分明的卡通樹。每天黃昏，陳先生都會走進小公園，靜靜坐在椅子上花幾分鐘看樹。

夏天時，看長得茂盛的、翠綠的葉子和招展燦爛的鮮花；秋天，看從青蔥漸變枯黃，乾燥的半枯葉、凋萎的花；冬天到了，看光禿禿的、爬滿裂紋的枝椏；春天一到，片片嫩綠細葉伸展，花苞微微張開，露出清新的小花蕾。一年四季，花開花落，各具姿態。

前幾天，陳先生發現卡通樹又開花了，小小的花苞是白色的，樹太高，距離太遠，瓣上的細節都很模糊，只是遠遠地望過去，仍是一幀很柔和的風景，平靜得好看。寒冬徹底過去了，小公園的草叢也如平常一樣，到了開出紫紅色小花的時候，滿滿的一片，爭取在下一次寒冬來臨前，展示最美好的顏色。

陳先生深知道，自己是病榻上怏怏的病人最後看見的義工，而且許多時候，他甚至是病者親屬以外，唯一能陪伴他們的朋友。但是，他從不向病友和他們的家人說鼓勵的話。那些什麼「加油！」、「用意志支持！」、「要相信自己一定會康復！」、「一定會好起來的！」、「希望在明天！」……諸如此類的話，他半句都不會說。在靜候死亡臨到的病患面前說這種話，其實是無比殘忍的。在座沒有人不知道病者已走到生命最後的階段，奇蹟也不可能出現，何苦還要以不必要的、虛假的希望自欺欺人？也許人們都天真地以為正面的態度、積極的鼓勵才能令病人有更堅強的精神意志，才能使病人在生命最後的道路上都能抱住希望的翅翼準備飛往他方……然而這不過是最美麗的誤會，最友善的卻也是最巨大的、最脆弱的謊言。其實說到底，到了如此時刻還要勉強去安慰，強行給予不必要的幻想，是極其不近人情的。

陳先生也不跟病友講道理，反而，有些病友間中精神稍好時，喜歡跟他講道理。人之將死，其言也善。或許是懺悔，或許是回顧人生，或許是勸誡，無獨有偶，他們講的道理都很相似。偶爾也會有愛發牢騷的，不過到最後一切牢騷都只會愈來愈少。沒有人會不明白，活到最後，任何境遇都只得接受。不論是什麼話，陳先生只會耐心地聽，絕少給予意見。未必每位病友都像有許多未說的話，有些病友，只會靜靜地閉目，讓陳先生為他們按摩手掌。

起初來這裏做義工，陳先生是很不習慣的，尤其坐在病牀邊，他會覺得自己的身分很尷尬。想儘量表現得熟絡點，偏偏在這種地方不容易跟人打開話匣子。向病人家屬探問病情似乎最正常，但談這話題是殘酷的，也是非常冒險的，像迫使人重溫、咀嚼自己的傷口；不作任何溝通，貿然走到病榻旁卻會使人受驚，結果花了好幾星期，陳先生才摸索到在這兒與人溝通的合宜方法。

陳先生會為每位病人按摩手掌，他覺得這是較禮貌的距離，但也可帶來較親切的接觸。昨天為鄒伯按摩手掌的時候，甫提起他乾枯瘦弱的手，就發現鄒伯已安詳地離開了，手掌僵硬而冰冷。他的妻子呆呆地站在一旁，握着丈夫的另一隻手，癡癡地看得出神，眼睛像這幾天鄒伯咳嗽時吐出的混濁濃痰一樣，偏黃、混雜疲弱的血絲。

鄒伯從醫院轉來寧養院靜養，前後不到五天。陳先生想起自己願意風雨不改每天前來，全因為他發現原來隔三數天不來，病人可能已經換了一批。他珍惜這些短暫的、淺淺的緣分，既然決定陪伴他們走完人生最後幾步，就要陪伴到底。

「鄒老太、鄒小姐，如果需要幫忙處理鄒伯的身後事，可以找我。」鄒小姐趕到寧養院，看到鄒老太即淚如雨下，嚶嚶啜泣，而鄒老太始終呆若木雞。

前些年，公園的小花圃裏栽種了好些太陽花，各種繽紛的顏色鋪滿花叢，卻未予人擁擠之感。陳先生就是從那年開始恒常到訪寧養院，並習慣先走進小公園坐坐，花幾分鐘看樹。過了一段時間，太陽花漸漸枯萎，隔年就再沒有看見太陽花，每到花季，都只剩一些紫紅色小花盛開。兩株卡通樹孕育許多生命，也帶走許多生命，花與葉隨季節開開落落。

陳先生從未忘記，從第一次在小巴上看到公園裏有太陽花，決定每日到寧養院和到寧養院前必然在小公園停駐的原因。

自然

外婆第一堅持要美意和姨婆同道，第二堅持母親也要隨行，她提出的理據是只要母親在場，即使孝順的美意有多節儉也不能不願意去。

「嘩！好久不見你回來了！從前你是個小不點的時候大家都爭着要抱你呢！你記得嗎？小時候的你非常胖，像個相撲手，可愛極了。難得回來，明天我們要去郊外遊玩，全部都是你的姨婆，你也一起來吧！我立刻撥電話報名加兩個位！」

「喂喂？玲姐，明天的郊遊團我要多帶兩個神秘嘉賓啊！對對對！食物多預備一點，對對對！沒錯沒錯！好好好，就這麼定了，明天見！」

「玲姐一聽見有神秘嘉賓就很興奮，明天她見到你一定更興奮！」「呀，不對不對，我還要打個電話！」

「英姐！有件事一定要告訴你！明天我們的郊野團要加兩個位，是兩個特別嘉賓！你見到一定比我更興奮……其中一個還是年輕的美少女！」

看到姨婆激烈的反應，美意更不好意思拒絕了。她不能自制地開始疑慮：參加這次聚會的，全部都是她不熟悉的中年婦人，她和母親二人硬生生地加入，會否給人添麻煩呢？人家說客套話當然說沒問題，人多才好玩，「我們正需要青春少艾拉低平均年齡呢！」

然而，對一羣外婆級的大媽來說，美意自覺是個陌生的女孩，大家會有共同話題嗎？雖說從前曾見過面，但那已經是二十多年前的事了，還有誰會有印象呢？假期不應該是輕鬆寫意的嗎？美意想。她是不是應該沉住氣應付喋喋不休的嘴巴？還是得先準備好舉辦長者工藝坊的百倍耐心？

霎時間，工作間長期積聚的疲憊猛然來襲，可是她委實不願拒絕外婆的好意，也不好意思拒絕熱情的姨婆。

「來來來！去划艇！」和各位姨婆見過面打過招呼寒暄一番後，姨婆緊抓住美意的手帶她向小湖那邊走去。小湖四方各有讓小艇靠岸的「碼頭」，其中一方的「碼頭」後延伸一片空地，鐵絲網圍成籠子，幾隻火雞在籠裏慵懶地呆坐，任遊人上上落落，似早已見慣不怪的不為所動。美意很好奇，很想把小艇划過去看看火雞的懶散姿態，雙腳踩着腳踏，小艇只管原地旋轉。於是美意嘗試操作唯一的操控方向的手柄，無論推前還是往後拉，小艇都沒有馬上送美意往她所渴望到達的目的地。

周遭的人向美意喊出不同的指令，「向後踩向後踩！」、「向前呀！」、「移向右邊……」各種指令雜亂無章，毫無秩序的，令人困擾。美意原是嚮往平靜自由的空間，享受浸沐在自然世界之中細賞片刻的寧謐。美意極欲平靜下來，把所有干擾排除在外。

吃力地操控小艇，好不容易終於靠近一點火雞鐵籠。幾隻火雞突然兇猛地鼓起翅翼撲向鐵絲網。美意吃了一驚，待得回過神來，才發現身後小艇上的兩位大叔都穿着火紅的襯衣，嘰嘰咯咯地吃吃笑。聽說火雞最喜歡紅色，只是當親眼目睹牠們的反應，似是憤怒更多於喜愛。

「向後啊！你要動啊！你停在那邊幹什麼？」姨婆們又再七嘴八舌地指示，如果可以，美意簡直想棄船「逃生」。她強自抑壓煩躁的情緒：我本來就是要逃離工作找個機會放鬆的，為什麼又要落入嘈雜的墟市之中？

小艇終於緩緩靠岸，美意又回到一堆姨婆之中，乾坐數小時聽一些鄰里是非，對各家各戶的兒孫評頭品足，同時吹捧自家的子孫有多傑出。都是些沒有營養的話題，坐得屁股都發痛。

「我去那邊逛逛，看看有沒有好玩的，待會和姨婆們一起去唱歌。」美意藉故走開，急不可待想鬆一口氣。

田野同樣是個圈，圍着魚塘小小一個圈。窄窄的小徑上並沒有許多寬敞的空間，椰菜兩棵兩棵的並列盛開，巨大的菜肆意長得茂盛，僅餘容納一人的間隙；也有長得特別高的油菜花，疏疏落落，沒有油菜花田鋪天蓋地的高調姿態，彷彿隨意灑落一把種籽，任天地滋養自然而生；荷蘭豆和蜜糖豆依附在石壁與竹籬笆之上，幼細的、彎彎的藤蔓爬滿牆壁，青澀的豆子連蒂都嫩綠，荷蘭豆的花是深紫、淺紫兩色相間的，蜜糖豆的花則全白色，壁上還長着許多不知名的植物，彷彿散亂無序，卻在在體現了容許百花齊放的器量。

天地之大，自容得下眾人種種不同，亦因這種種不同更顯世界之獨特。就如廣袤土地上各種蔬菜排列成陣，同一方土上，農作物一同生長，卻仍保留自然的節奏，不驕不躁，而人們總是自以為是地論斷他人，甚至包括喜惡愛憎。即使她自己，判斷火雞是否偏愛紅色，也是投入了個人主觀的情感。

踱步到火雞籠前，美意靜靜地觀察慵懶的火雞，許多人向火雞嘰嘰喳喳，牠們依舊紋風不動，自然就有這種寬廣的胸襟和器度，任世界紛亂，落入天地之中，終歸碎散如微塵。

山中老人

黃伯每天準時四點上山，除了鍛煉身體，還帶上鋤頭、泥耙「開山劈石」。有些人佩服他堅毅，有些人誇獎他大方，有些人取笑他霸居。

世上許多光明頂，多得在山友暢談之間，彷佛每座山都有一片光明頂。這座山的光明頂就在約莫兩公里處，不少天天登山的山友都說這片光明頂是黃伯的，唯黃伯老是「哈哈哈哈！」一陣仰天長嘯，不置可否。

光明頂上有字畫、有詩詞；有椅子、有小茶几；有茶具、有盆栽……我疑惑，山上早就滿目草樹花果之景，何以還特意擺設盆栽？

我向來是缺乏運動的體質，每月認真運動的時間不超過兩次，即使假期，有時也總強行「挖掘」出許多理由婉拒運動的友善邀請，尤其愛用以說服自己的理由是登山動輒來回數小時，數小時可完成的工作可以有多少多少……然後就在腦海裏兀自幻想登山，當作完成運動，平衡心理，而實際上，我還是享受每個可以輕鬆登山的早晨。

未有機會認識黃伯，卻又像熟悉山中的他，是因為父親偶爾就會在茶餘飯後報告光明頂的新裝潢。而且，每次我登山，都看見那方小小地土有細緻的變化，從零到一的過程，恍若斷斷續續地看着一城之建立。

「之前還未有這圓拱門的，你看黃伯的心思，把附近兩株幼樹駁上藤枝，彎彎拱門就成了。」我看到藤條拱門上還用許多紅絲帶繫上蝴蝶結點綴，明顯是有一番設計的，但與大自然的配搭其實顯得相當格格不入。

「周圍的小樹是松，是移民樹，從黃伯的鄉下移民來港的。」

「好好一棵樹，還要逼迫它離鄉別井。」

「黃伯說帶它們見世面啊！」

大半年過去，光明頂上的石凳也鑲嵌了幾塊雪白暗花大瓷磚，夏日清晨坐在瓷磚上，透心的涼意輕滲，比冰凍飲品更消暑。後來又漸漸有了膠椅，膠椅又漸漸有了鎖鏈；茶几漸漸有了花盆，花盆不能上鎖，於是茶几竟巧妙地挖成了空心，凹陷的地方漸漸有了泥土，泥土有了樹苗，漸漸長成花。這個漸漸豐富、漸漸成形的過程，是有目共睹的，是在早晨山友的見證下逐漸建立的，這些成果也是眾登山者可共享的。

「一班叔父都說黃伯那兒好！環境優美風水好，八千蚊一個位！」起初我還取笑說誰要付八千元上山泡茶呢！父親聽罷也只一陣大笑。後來再說了幾回，我才知道這八千塊一個的，原是長生祿位。當然這也不過是一番笑鬧而已。

「要是有天我『瓜老襯』，把我的骨灰帶上山隨便倒掉就好，不用麻煩！」

「這還叫不麻煩？誰要特地花腳骨力搬你上山倒掉呢？大風一吹，『東一忽西一忽甩皮甩骨』！」

「倒在山上好！香港那些幫人燒骨灰的本來就很奇怪，一大堆白骨，只讓你帶一小撮粉末回家，還要隔一個月才可拿，都不知有沒有搞亂，更不知那小小一撮是頭是手還是腳！」

「害我們犯法！隨便倒骨灰是犯法的！」

「怎麼會！都沒有人知道。誰叫你告訴別人？把我倒在山上我還可以天天做運動鍛煉身體。」

「粉身碎骨了還妄想鍛煉身體。」

「在山上欣賞風景也好嘛！」

「我把你倒進馬桶還不更方便？你可以歷險，看看下水道，看看污水處理的過程。」

「呸！大吉利是！」大哥拋出一句話，終止了大家的戲言。死亡本似可怖的禁忌，談笑間奇趣巧妙的應對卻成了輕鬆的課題，我彷彿是在這些笑中有淚的調笑間走出曾經深刻地恐懼死亡的龐大陰影。然而我知道大哥不，他一直在陰影的胡同裏打轉。我懂得，因為小時候只有我和大哥親眼目睹過生命一瞬即逝。我無法記得當時我們是如何回到家的，但我記得黃昏的馬路邊，大哥蒼白的臉和嘴唇，小狗在車底，車底有火紅的血流瀉，狠狠地刺痛我們的眼睛。我後來才認出，那小狗是常來我們家的黑炭頭。

後來一次登山，終於遇到手持水樽的黃伯，勤勤懇懇地灌溉周遭植物，當然包括茶几上的小盆栽。道上一小孩滿臉好奇提問：「為何要在這兒放細花花？」黃伯又是一陣豪邁的「哈哈哈哈！」聲如洪鐘道：「為什麼不？你可不要手多多折了我的花！」語畢，雙目圓瞪。孩子趕緊躲到正沉醉於舉機拍攝山林美景的父親身後，小手緊緊抓住父親的腿，卻又不時探出頭來睥睨黃伯。事不關己，我卻有點不是味兒，只覺黃伯其實可更溫言軟語善待孩子，簡單的解釋，已可滿足他稚嫩的好奇心。

「原來黃伯以前和她老婆在鄉下種田的，黃婆很喜歡花，常提議不如闢一片小地方來做花田，不過黃伯堅持他從小種菜，從來不種花，更不懂得種花，不懂得種就要蝕本，蝕本就『冇飯開』。」

「等我死了我任得你把全部田都改種花，我未死就跟我種菜！」黃伯的固執未改，黃婆就先走一步。

「你怎麼知道呢？黃伯說的嗎？」

「黃伯的同鄉說的。」

「那黃伯有說過嗎？」

「唧！這些事『男人老狗』怎會說。」

「那你又怎知道是真的？」

「人家這樣說我便這樣聽，哪有去問人這種事的道理。」

莫非，光明頂的小茶几裏濕潤的泥土滋養着的原是漸漸成長的生命，而生命的名字，

或許是思念、回應抑或補償？

書寫情

B
F
C

「曾經，我們都無法分辨，誰跟誰相愛，誰和誰天生一對。因為混亂，也因為我們都不願意，所以繼續無法分辨，無意分清對或錯。」

「『從未來再見／遺憾舊時不太會戀愛／願我永遠記不得我正身處現在／從月球觀看／難辨地球相愛跟錯愛／三世書不會記載／誰為某某歎息感慨』（《月球上的人》陳奕迅）

世界總是教我們這樣，而我們也總是這樣相信，只要退後一步來看，所有事，永遠都沒有誰對，也沒有誰錯。這些老掉牙的話，誰不會說？我們都知道，三世書不會為渺小如我們這樣的微塵記錄情意，於是我們偏執地試圖用文字、用圖像、用影片……用能用的一切方法把那些曾經有過的情感、曾經動過的真情塑造得更銘心刻骨。當一些細節和碎落的片斷在生活裏凋謝枯萎的時候，大概我們都還未懂得懷念也有限期，仍固執地不願意相信明日就會一切都記不起。只癡癡地迷信，切膚之情終究還是教人銘感一生。真正的愛情是經得起考驗、經得起時間的沖洗和磨練的，無論如何，擁有過的即使最終化成回憶，也必不改變。」

在鍵盤上噼噼啪啪地跳動不停的指頭終於冷靜下來，莫小姐暫時離開電腦，赤足走到廚房，地板冰涼的觸感自腳底穿越身軀。打開冰箱，嘩啦嘩啦斟一杯滿滿的冰水，鎮靜一下發燙的頭腦，也冷卻過熱的情緒。

最近在寫作上，莫小姐自感有點力有不逮。她深知自己從來是個倔強的人，牛脾氣、不服輸。好勝、好強的個性已教她吃過不少苦頭，然而好幾年了，她不時提醒自己要試着改變固執的性情，卻還是常因為執着而吃虧。

仍然記得自己是為什麼寫起與情情愛愛相關的文字，從前她是幾乎不寫以愛情為題的文章的。可就是因為禁不住挑釁，她執意鍛煉自己成為寫愛情的好手。寫好了，再瀟灑地撇開。

「憑什麼說我寫不來呢？」

莫小姐又嘩啦嘩啦灌了大杯冰水，狠狠摔上冰箱的門，塑膠杯重重落在桌子上。冰水是她最愛的飲品，就算冰冷的寒夜裏，她仍舊愛冰水。唯有冰水最能使她冷靜，最能使她身心得到片刻的舒暢。

「或許，後來我們會發現被騙，可能是關係穩定下來的時候，可能是感情結束之前，未必由最初就發現，或者到最後也不一定洞悉真相，而且，即使知道也不一定懂得，更不必談理解、體諒。而殘酷的現實是，更多時候，當局者甚至寧願選擇假裝不知道。因為我們在愛情裏沉溺得有點病態地堅持相信『但凡失去也是美』，連痛失所愛，也是生命裏美好的、壯麗的疤痕。選擇不去記起其實共處的許多時光不過是在欺哄裏度過。選擇不記起，因為即使記得也好，執意要開脫的話，就連何以欺哄也會有最漂亮的藉口。『相信你只是怕傷害我／不是騙我／很愛過誰會捨得』（《開始懂了》孫燕姿）；『擦光所有火柴難令氣氛像從前閃耀／至少感激當日陪着我開甜蜜的玩笑』（《失戀太少》陳奕迅）；『要決心忘記／我便記不起』（《約定》王菲）……音樂播放器裏迴環往復的流行曲兜兜轉轉，始終在瀟灑抽離與難捨難離之間拉扯。既是如此，忘記也罷。至少忘記，還留一點凄楚的缺陷美。」

「我不會寫不好，我只是拒絕寫。」莫小姐一再執拗地「鼓勵」自己。其實她深知道自己是害怕的，她害怕真的如那些輕易刺痛人的批評所言，就算給她執筆的機會，也不可能寫到趕得上潮流、符合大眾口味的文字。

「你寫的東西不是不好，但實在不合時宜了。可惜你又不是寫得特別出色，夠不上嚴肅文學的水平，又不夠貼近市場口味。」

「現在哪有人喜歡手不釋卷思考人生？生活壓力那麼大，拜託你也替讀者想想吧！你曉得什麼是速食文化嗎？你看到書店裏放在當眼處賣的都是哪類型的書嗎？你知道為何網絡小說那般流行嗎？不要再老是覺得之前幾個作品銷量不錯就可以一成不變了，你要是寫不出市場需要的東西，早晚還是……再說，愛情永遠是不敗主題，哪有人不愛幻想？人人稱頌的張愛玲，不也寫愛情？」

「不一樣，張愛玲寫的不是濫情的無病呻吟。」莫小姐嘴裏倔強，而其實心裏從沒覺得寫愛情、寫流行文化不好，人人風格不同，彼此尊重，為何自己偏要遭受踐踏？

「你不老是說寫作要動真情，要用自己的經驗入文才動人嗎？發生在你身上的、身邊的，統統可以成文，材料那麼多，如果仍寫不到，那就是你的問題了。」

「誰都以為擁有畢生最愛，只是，時日流動，我們只是有過最愛。同偕白首，也不等於擁有。擁有本來就是虛無的，人生本來就是虛無的，人與人之間的關係更是虛如幻象，所有叫人感覺實在地掌握在手的，說穿了都是錯覺。執意要留住美好的事物、動人的情節、快樂的時光，因為怕忘記，於是常常堅持擷取些許生活裏的細微末節，成為單薄的回憶的憑據。即使到最後我們終於相信懷念有它的限期，恐怕也捨不得做到，讓一切灰飛煙滅，再也記不起。」

「材料那麼多，如果仍寫不到，那就是你的問題了。」一句話與敲打鍵盤的噼噼啪啪聲，持續在莫小姐耳邊嗡嗡不止。

牆

本來已經適應了新的工作環境，偏偏近日程文多番為在牆上攀升的一道裂紋糾結。

也許是錯覺，程文總覺得和牆共處時黯淡的光影彷彿和工作有重疊交錯的部分。唯一不同的是，面前在辦公室裏的這堵牆，分明是沒有血肉的，灰白的顏色只平靜地滲着倦怠，而下班後身旁的牆是活生生的，即使有同樣的沉默。實在是活生生的，卻如現在面前這堵灰白色的、有裂縫的牆那樣沉默得倔強。

獨立辦公室的空間是寬廣的，有獨立的書桌、有四個五層式書架、一切設備都簡約卻不欠缺，唯一缺點是沒有窗戶。在空洞的辦公室裏有時她覺得很自由，有時又覺得很封閉。起初她難以接受，上班的時候沒有可以談話的對象，下班之後以為可以聊天的對象靜默無語，這種每天講話不超過三十句的日子叫程文自覺沒能力適應。

「你知道嗎？他愈來愈少說話了，是因為我們沒話題嗎？」

「為什麼老是只有我一個人在說？只有我吃力地找話題呢？」

「晚餐桌上零溝通。散步的路上零溝通。火車上零溝通。拿着電話的時候零溝通。任何時候都零溝通。」

「有時我很想有人和我聊聊天，我想了解他的工作、生活、想法、心事……可是他從來沒有讓我知道。」

「不是不是，不應該說『從來』，應該說，從前他事無大小都會告訴我，他會主動找話題。」

「他會說什麼？說說新聞報道的事，講講故事，談談奇風異俗趣聞軼事……」

像這樣對牆傾訴大概半年後，程文忽然發現牆上浮現一道極幼細的灰灰的線，而她身邊的牆依舊沉默，即使程文為此而發過幾次脾氣。

「太好了，以後你可以和我對話了，你可以回應我了。」

當然，一如既往，滿室空洞在耳畔響起嗡嗡低鳴。

「他會和其他人說話嗎？這點我是毫無頭緒的。」

「我自顧自說，他感覺如何呢？喜歡聆聽？厭倦了回應？」

「我為此而鬧情緒，他會怎麼想呢？」

「他是不是已經不想和我有任何溝通呢？為什麼每次都要我主動找他呢？但如果他想結束這段感情，為何每次我找他都不拒絕我呢？」這種不斷埋怨又不斷找藉口開脫，自我建立又自我摧毀的思想角力讓程文精神疲乏不堪，糾結的思緒叫她益發不安。

「你回答我啊！怎麼你也像他老是沉默呢？你回答我啊！」程文第一次，用力將手上厚厚的辭典擲向牆上的裂痕，辭典本來就有點殘破的封面，多添幾道摺痕。程文繼續奮力將書架上的書逐本逐本擲向牆壁，直到所有書在牆腳堆成小丘。

自此，程文開始不再跟牆吐露心聲。

牆上裂口有時看着像嘴巴，有時又像眼睛，這種恍若有話未講卻偏不肯講的欲言又止的固執，看久了會叫雞皮疙瘩自腳底冒起，沿血液支流遊遍全身，頭皮發麻，心裏發毛。爆開的裂痕是沉默的控訴嗎？是要對我終日對過去的質疑和埋怨作出反擊嗎？

程文的想像失控疾馳。

再三提醒自己不可再強牆所難，不可再盼望牆會對自己說話。在〈想要學習的課題〉清單上，把一：長時間獨處、二：長時間沉默兩項寫在「急救」和「外語」之前。程文試過把這張清單貼在辦公室灰白牆壁的裂隙上，但裂隙裏窩藏的眼，仍用鋒利的目光穿透清單緊緊抓住她。又試過用厚厚的年曆遮蓋縫隙，眼睛就換成盯着她每一個日子，審視她的每一天。

程文像做錯事的孩子般有說不出的內疚。為了內心好過，程文總試圖勉力勸慰自己接受牆也有他的委屈和難處。就如辦公室裏這堵長着裂紋的牆，也有它的情感，它的喜怒愛惡。身邊活生生的牆竟日平面而冰冷，大概因為無法在二人的相處裏感到快樂吧！

裂縫固執地自牆的中央粗野地爆出，愈裂愈深，分支像殘弱的枯枝，卻粗暴地張牙舞爪，恍若深藏無法平伏的怒火順着缺口逐步向天花進攻，充滿侵略性。程文直覺裂縫裏必定有洶湧的怨怒隨時會爆發，老是刻意迴避，目光稍一不慎掠過裂隙的起點，猶幸始終沒見過有什麼爆出，這使她漸漸相信，它終究不過是平平無奇的、無情無感的死物。我們何苦為死物深刻動情？

然而，所謂死物，不過是我們給一切未被賦予生命的物件的統稱。有生命的，還可稱作死物嗎？當一個人討厭自己，但為了禮貌，他寧願選擇隱藏厭惡，默不作聲也不願出口傷人，如果是這種情況，我們還能怪他沉默無語如死物嗎？

這麼說來，身邊的牆、辦公室的牆，不論死的、活的，都是厚道的牆。把所有對人的厭倦和埋怨，都收藏得嚴嚴密密。如果牆的想法是那樣善良，怕傷害我，偏偏處境卻是那樣無奈，我還憑什麼去怪這堵牆呢？

「有時候／有時候／我會相信一切有盡頭／相聚離開／都有時候／沒有什麼會永垂不朽／有時候／有時候……」寧靜得叫人耳鳴的空間裏，重複的歌聲愈來愈單薄，輕飄飄，程文取出唱機裏的鐳射唱片，狠狠劃了幾道疤痕，下定決心，從今開始離開兩堵牆。

計數

Math

「包Sir，如果我問你數學題，你會像上次一樣解錯題嗎？張Sir那邊『排長龍』，我等了很久了，我就欠這道題，做完就可回家了。」小妹妹皺起眉頭緊盯着張Sir的方向，瘦弱的小手把數學習作攤開，放在包Sir面前。

雖然分明知道童言無忌，小學生難得有天真無邪的直率，成年人思想成熟更不應和孩子斤斤計較……凡此種種理由，包Sir都想得到。但是聽到這話時，內心還是禁不住有一種被冒犯的感覺。

「你絕對可以繼續在張Sir那邊排隊啊！反正還有十五分鐘才播《寶石寵物》，你從這兒跑回家也不用十分鐘。可能問完張Sir，你做完這道題，再跑回家，還能看到最後五分鐘。」包Sir故意把嗓子提高八度，誇張地把手舉到半空看錶，然後以急促的節奏敲打錶面。這個包Sir趾高氣揚，一副嘴臉討厭至極，難怪學生們暗地裏都叫他「膿面豬油包」。

我的數學成績非常差勁，自中三以來，除了會考，數學科從未及格。那時不知哪來的堅持和固執，竟有一段非常長的時間天天花兩小時做練習，刻苦地埋首「計數」。每道公式我都能倒背如流，只是當它們混入數字變成數式之後，就像一堆從雨後濕潤的泥土中冒出的蚯蚓不住移動，相當噁心。也許因為太恐懼，怕在會考成績表上刻下一個「U」字的恐懼感強於一切，無計可施之下即使面對可怖蚯蚓，我仍只得勤加練習。

不過，我到此刻仍覺得自己的數學是無可救藥的了，會考的及格分數純屬數學老師們的功勞和自己的一點僥倖。所以接到補習社通知獲聘為中學組導師，負責人問可否翌日上班時，我一口回應：「可以！絕對可以！」之後，仍不忘補充：「除了數學科，其他科全部都可以教。」

真正上班後，才知道當補習社的小組導師，學生問任何一科，都不得不教。或者應該說，是不好意思不教，而中學生問得最多的科目，偏偏是數學和中文。

又有學生拿着厚厚的數學書來問數了，我本想推說：「我負責教文科，理科是其他老師負責的。」但想想，如此回應似乎有點過分，甚至可能惹同事生氣。又及見到鄰桌的包Sir趾高氣揚地欺負小學生，不甘被誤為其「同道」，只得厚着臉皮硬着頭皮說：「你稍等，我看看。」掌心已經開始冒汗。

我把算式一看再看，啊，糟糕了，不懂，真的不懂。假裝低頭沉思，遲緩地走去拿草稿紙，心裏盤算不知該怎樣應對。回到位子上，執起鉛筆隨便抄抄寫寫，分明知道不可能寫出什麼花樣，但要是直言不會做，面子又如何掛得住？只好故作認真地又再抄寫了一會兒。

「你到外面去打個電話給家長，告訴他們今天會準時離開補習社。」

「不用打。」

「叫你去就去。」

「家裏沒有人。」

「打手提。」

「我一向都不用打電話的啊！我讀中一了，又不是小學生！」

「從今天開始就要打！新規矩！」

矮矮胖胖的小子推一推快要滑到鼻尖上的眼鏡，斜睨着我，嘀咕着走出教室，根本沒拿手提電話，不過我都沒閒暇去管這個了。

趁這空檔急忙從身旁的紙箱抓起一本補充練習，往影印機方向走去，帶上胖小子的數學作業，用手機拍下數學題傳到姊妹羣組裏求教（或者應該說是求救更適切）。

卑鄙，我真的自覺卑鄙。但我怎麼可能如實告訴學生我能想像答案大概會是什麼樣子，怎能告訴他從前我做數學題，遇見不太曉得計算的習題時，心中就會根據算式自行想像一個「似模似樣」的答案，然後按着想像的答案創作運算過程和步驟？

雖然那些數學題的步驟大多是編造出來的，可是我編得有根有據，並非胡亂憑空編制。就如 $36m^2-1$，直覺告訴我最後答案該有個6字，我不會硬要寫成8。要落得憑着蛛絲馬迹半推算半創作，實屬無奈。畢業後本以為從此可以擺脫數學，誰料幾經辛苦終於找到工作，上班不到三天就被難倒。剛才我還鄙視包 Sir 欺侮小學生，想不到我原來和他沒兩樣。

已經五分鐘了，姊妹羣尚未有回覆，叫人愈等愈焦急。胖小子恐怕很快就要回來了，我隨意複印了數頁閱讀理解練習，以防胖小子突然回來也能將就着應付。

謝天謝地！終於有答案了，胖小子尚未回來，我又再抽出作業往影印機走去，飛快地抄下答案，再若無其事地返回座位。卜通卜通的心總算沉靜下來。

過了大概十五分鐘，胖小子才大模厮樣的走進來，嘴角還沾着雲呢拿雪糕的痕迹。

「出去那麼久，肯定偷跑去吃喝玩樂！打個電話要打那麼久嗎？曉得溜去玩，即是所有習題都會做，不用老師解題了吧！把數學書和答案拿回去抄！」

胖小子怒氣沖沖地搶過書本，逕自返回位子，一臉忿忿不平。

「老師，你計錯數了！書後的答案不是這樣啊！」胖小子再次把數學書推到我面前，同時推一推自己厚厚的眼鏡，滿是油光的眼鏡片後鄙夷的眼神鋒利無比。「哼，你是要我抄錯的答案嗎？」話音裏盡是輕蔑與鄙夷。

「你剛才都沒拿電話！再出去打電話回家！順道把嘴角的雲呢拿雪糕吃完再回來！」

胖小子的臉「刷」地紅了，怒目圓睜，我趕緊垂下頭，一張臉，也漲紅了。

格子

婉媚只能靜靜呆坐着數大廈，數大廈裏的格子。數着數着，頭就益發疼痛。然而，只要堅持再繼續數，數着數着，頭痛又會悄悄褪去。

城市裏那麼多高樓大廈，高樓大廈裏那麼多格子，格子裏想必也有極多極多位置，偏偏沒有任何一個屬於自己。婉媚不解。如果這麼多格子都沒法分配給每一個人，那麼不獲配給的，是否永遠沒有位置？永遠只有窮盡力氣尋覓格子的份兒？

每個格子裏，應該都上演不一樣的生活場景吧？既是如此，站在每個格子的窗邊往外看，高高低低，應該也有很不一樣的風景。只是，無論風景怎麼不一樣、視野如何有差距，至少都仍有一個小小的方格，一個屬於自己的方格。這些格子可能是居室，可能是工作間，也許還可以有許多可能性，偏偏想到這兩個，已經……

婉媚感到委屈了。

小學升中時到不同的學校叩門，書包裏有厚厚的文件夾，一大疊獎狀整整齊齊地按年月存檔，翻起來一目了然。這些東西如今都真的徹底成為廢紙了吧？小學時期，婉媚最好的朋友是斯恩。斯恩是個高材生，她的成績表是最優秀的展品，每個課室的壁報板上不可能沒有龍虎榜，龍虎榜上，斯恩的名字用星星卡紙襯托，連綿不斷的出現。如果連起這些星星，串成一條線，輕微的折曲起伏像常識課時老師展示過的星座圖。大熊座、小熊座之類，看不出明顯圖形的星座。老師初次給大家看星座圖時，幾乎全班同學都說看不到圖形，只有幾個同學認得到，其中一個是斯恩。後來愈來愈多同學雀躍地表示自己看到了，婉媚還是認不出來。老師說：「看不出是正常的，要靠想像，想像力才是最重要。」

斯恩的成績表評語欄上讓婉媚學會了很多形容詞：品學兼優、可造之材、出類拔萃、必成大器等只是基本，連卓絕羣倫、卓爾不羣都有。那時斯恩是全級學科首名的常客，除了個別科目偶爾會得第二名以外，基本上首名位置她都是十拿九穩的。婉媚也會得到首獎——美勞，偶爾會聽到這樣的話：「如果婉媚美勞科低一分，斯恩就可以全科第一名了！」多聽幾回，婉媚也隱隱感到一種破壞了壁報板上星座圖的歉意，雖然斯恩從來沒埋怨過她，甚至教她要準備怎樣的文件夾應付面試。

當時面試老師提出過一個問題，她至今念念不忘。「都是校內的嘉許狀？那應該是大部分同學都有的吧？」

「大部分同學都有嗎？就算真的大部分同學都有，我也是實在地付出過努力才換到這些獎狀的啊！斯恩，其實我應怎樣回答？」

「唔……答多謝。」婉媚很想知道為什麼要答多謝，因為她並不覺得有什麼要多謝提出這種問題的人，但她沒有問。

小時候不理解，也記不起當時有沒有回答這個尖酸的問題。只是現在回想，覺得這提問對小孩子來說是狠心的、殘忍的。也許現實真的是這樣，許多肯定和表揚都是所謂的

「生安白造」，但有必要那麼早讓純真的孩子知道這叫人失望的真相嗎？

「公司為什麼辭退你而不是其他人？」

「用你過去一年的業績告訴我，為什麼我要繼續聘請你？」

「給我一個讓你留下來的理由。」

婉媚不曉得要如何解釋。她無法明白，為什麼做補習社導師也要講業績？也不明白，為何管理層的態度要如此兇狠，如此不可一世。

「你想留下來也不是完全沒有機會，目前我們仍需要一個教務助理。」

教務助理，簡單來說即是留下來的話，薪酬會比現在少五分之二。婉媚想。「真的是因為不滿意我的工作表現才要辭退我，又念在賓主一場要給我機會學習才聘請我作教務助理嗎？」

這種老套的操縱職員去留的語言偽術，婉媚豈會看不穿？她也不是初出茅廬的黃毛丫頭了。小公園裏，婉媚愈想愈心煩意亂，叫她糾結的是，她搞不清到底要不要答應這個無理的要求。答應的話，好像默許了公司剝削自己，縱容掌權者恣意運用權力凌駕專業、踐踏經驗和資歷；不答應，又怕找不到工作，畢竟他們說的也是事實：「其實教務助理呢個位都好多人爭，你睇啲畢業生，一籮一籮咁倒出個海，為儲經驗又肯搏肯捱，人工冇啲都肯制，人真係多到唔知點揀。教務助理最緊要有咩條件呢？聽話，兩個字搞掂。你話係咪？」

婉媚在補習社工作已經第五年了。這五年間，她曾在三間補習社工作，每次都是因為失望而尋求另一地方，可惜每次都只能落入更大的失望。

斯恩也在補習社工作，如果是她，會怎樣回答？

巴士車身上斯恩雙手交疊胸前自信地笑，旁邊有幾個字——全科天后陳斯恩。上一次相聚，是為了慶祝。慶祝自己找到補習導師的工作，慶祝斯恩升讀大學。

「保持聯絡啊！」分別時斯恩握着她的手，婉媚仍然記得。

推銷

10

上星期，豬妹和父親到零食屋「巡視業務」，甫踏入店鋪，一個胖胖的男子立即伸出拿着單張的手攔住父親，不慎踩了她一記後開口說的竟是：「哥哥，攞咗優惠未？」

胖男子的視線仍舊落在父親身上，對豬妹和豬妹的痛腳視若無睹。豬妹也沒閒暇和他計較了，急忙拉父親走開。偏偏這個胖男子死心不息地跟在他們附近亦步亦趨，鍥而不捨地、避重就輕地、隱惡揚善地報告公司的優惠和贈品，嘴巴一刻都沒有停。她向來最怕推銷員，尤其是那種喋喋不休、咄咄逼人的推銷能手。

基本上，除非她感興趣，或有需要，否則她對推銷員總是最狠，狠狠地拒絕聆聽，斬釘截鐵地拒絕。反正明知道不需要，也決不會因為游說而有半點動搖，何必要人浪費「口水」、浪費力氣推銷？她再次記起曾經有多年沒接觸的舊同學從事傳銷後頻頻聯絡她，她不慎「中招」，在傳銷公司裏把錢包裏最後的一張五百元和兩張二十元也「完全銷毀」於幾張詞鋒銳利、游說技巧並不特別高超但耐力驚人的嘴巴裏。掠奪過五百四十大洋後，舊同學仍天天來電約見，密集攻勢教她吃不消，疲勞轟炸得使她有一段長時間按捺不住把電話調至靜音狀態，甚至連震動模式都停止了。雖然這場無妄之災令豬妹被騙去五百多塊錢，但她仍然感恩上天眷顧她，特地「安排」她在重聚之前丟了錢包，提款卡、信用卡統統補領中，不然她的損失定然更慘重！

傳銷公司的推銷員那種推銷伎倆真的非常人所能招架，連豬妹這般硬心腸的人也抵不住那種禁錮式的疲勞轟炸，換了是「耳仔軟」或無甚主見的人，肯定要賠上大筆款項、吃個大虧才脫得了身，要是內心稍稍存留貪念，恐怕連家人的財產積蓄也要賠上。

拉走了父親，胖男子還是小心翼翼地趨近，猶幸父親穩如泰山不為所動。豬妹瞥見胖男子厚厚的、油膩膩的眼鏡片，再掃視他手中已捏得縐縐的、沾濕得疲軟的紙巾，幾片紙巾碎屑散落西裝衣襟上，豆大的汗珠自額角潸潸落下……旁邊一個塗鮮紅色口紅、束馬尾的妙齡少女同樣在游說客人申請信用卡，不過相比之下，豬妹寧願聽面前這「滴汗漏油」

的胖先生發表演說，也不想落入美麗的圈套。

幾年前豬妹和舊同學約在鬧市地鐵站見面時，同學蹬着高跟鞋蹬蹬蹬走來，描畫過的妝容，熨得筆直的西服……「喂！豬妹！」要不是這尖聲一喊，她恐怕無法認出跟前的人就是她的舊同學。舊同學熱情地拉着她的手興奮地說：「豬妹，好久不見了！能和你重聚真好！還記得小學時我們是筆友呢，可惜升中後我搬家，紀念冊從此不見天日。最近因為又要搬家，執拾期間終於意外翻出紀念冊，看到小學那些筆迹，很幼稚，但也令人很懷念呢！你知道嗎？那時的信件我還留着！」從地鐵站到餐廳的一段路，舊同學就這樣拉着她的手訴說童年的日子，夢幻和幼稚是出現得最頻密的形容詞。聽着聽着，豬妹也想起許多童年往事，她和舊同學的親好彷彿在回憶之中重新加熱。還記得小六畢業教育營全級同學在大棠渡假村宿營，那時她抽中睡上層牀，心裏暗喜，因為這正是她的意願。

然而，當天吃過晚飯回到十人房間後，豬妹看到自己的旅行袋在地上，原本屬於她的上層牀上放着那個全班最霸道的大塊頭女同學的衣物。當時只有這位舊同學察覺到她的失落，輕聲跟她說：「我也抽中上層牀，和你換好嗎？」豬妹拒絕了她的好意，但心裏一直惦記着這個好朋友。畢業後曾通信過十數回，剛升中時信件來來回回相當頻繁，漸次疏落之後她仍寄出過幾封長長的沒有回音的信。也許她們的紙筆情誼自豬妹收到的最後一封回信時已消散。豬妹不再給她寄信的那年，剛準備升讀中二。

「來！你先陪我去一個地方，購物是女人的終身事業，剛收到情報，知道有個名牌開倉，我想去搶兩個手袋！」

到了十七樓，的確有個散貨場，的確有賣手袋，是一些不知名的品牌，豬妹不敢論斷那些是否名牌子，因為這並非她的專業。散貨場旁邊是一間守衞森嚴的公司，舊同學在巡視完手袋後就拉了她進去旁邊的公司，說是要拿錢包。

拿錢包是真的，不過拿的是豬妹的錢包。當舊同學咧着嘴笑逐顏開地送她到門口，喃喃唸着：「今天帶不夠錢無法加入成為我們一分子真可惜啊不過不要緊我們會保持聯絡的過幾天等你補領了信用卡我再打給你我們一定保持聯絡啊今天真是很開心重遇你豬妹我一定再找你……」豬妹頭痛得快要炸開似的，尤其想到自己竟還天真地回味往昔情懷，難怪剛才舊同學憶述童年用得最多的詞是幼稚。豬妹覺得自己很幼稚，重聚這回事並不夢幻，反倒像噩夢一場。在公司裏被夾攻轟炸的時候，豬妹內心雖堅定不移，但幾個人包圍住她，以單人匹馬之力實在難以抗衡，無法突破關卡。

豬妹在心裏默默盤算，要是將來再有舊同學突然聯繫她，而且相約在這種商業大樓中心地帶，她是決不願意再上當的，寧可殺錯，不可放過。這次幸運，當了一隻價值五百四十元的「水魚」，要是把信用卡統統領回來，她就是一隻價值連城的「水魚」了。

幾歲

然後我繼續渾渾噩噩地整天重複做着沉悶無聊卻必須有人應付的工作。

經理永遠以誇張的反應誇獎我的能力，而其實我覺得她虛偽至極。我們都是成年人了，偏偏她還是慣性地以與小屁孩開生日會時的誇張表情配以高八度的聲線，再加上自以為嬌俏的嘴臉「表揚」我們。看到她額上深深的路軌和眼角的魚尾紋，我早在心裏嘔吐一千次，雖然我還是不得不在臉上擠出一副滿足極了的表情，甚至在她拉着我的手時向她眨眨眼睛說「謝謝經理」。希望我滿掌的汗水沒有讓她乾燥的手上長年累月積累破損的小傷口隱隱刺痛。

我做的是個怎麼樣的工作呢？雖然完成這種簡單任務也會得讚美，但我不會愚蠢地癡心妄想以為自己得到賞識，那不過是經理個人的幼稚行為以至把我們這些低下層矮化至必須得到稱讚才會忠心耿耿。事實是我對工作的耿介只有一個純粹至極的原因：我的能力高不成低不就，但我必須混一口飯吃，我必須有一份工作賴以為生，於是我敬虔地看待我的工作，因為是它給我飯吃的。

我恨透那些吵鬧的頑劣孩童，尤其在他們扯高嗓門的時候，我巴不得狠狠給他們一個接一個響亮的巴掌。有時我想像巴掌「噼噼啪啦」落在這些思想未開發的劣童的臉頰上令他們哇哇大哭，壓抑的情緒彷彿一下子消除。自從母親和妹妹知道我這個想法並狠狠教訓我之後，我再沒有跟任何人分享過這樣的幻想。

基本上每年只有一段時間我是極度樂意上班，甚至渴望天天加班的。那是農曆新年，每天接紅包接到手軟。其實我向來不愛滿臉堆歡地跟人說「恭喜發財」，要是以前，我一定不說，管他天王老子來我家拜年我都不說，而我從不去拜年，就更不用說了。只是大時大節不這樣說，客人會批評，經理也會批評：「阿妹，教精你啦，新年流流你要同人講啲恭喜說話至得架！」第一次聽到客人這樣以半教訓的語氣「指點」我，心裏不知咒了他多少遍。啐！又不是貪他那「十蚊雞」，要人說這說那。偏偏經理又在其他職員面前笑瞇瞇地提我好多遍，魚尾紋摺得密似百葉簾：「哎喲，不要那麼冷酷嘛！說好話是我們工作的一部分啊！而且這是禮貌啊，我們做服務業的，禮貌很要緊啊！客人給你利是心裏都舒暢一點啊！況且，你無論如何都是要上班的。」最後一句，經理是突然板起臉孔壓低聲線在我耳邊說的，簡直有國家級水平的變臉功夫。從年初一到十五，只要是上班的日子，經理都不斷「溫馨提示」，甚至總有意無意地盯着我看我有沒有笑着恭賀食客。哼！當天聘請我時可沒人說過過時過節要我說好話的。

原來事情不斷重複，人真的會麻木，就像我，在這兒過了一個農曆年，鍛煉了十多天之後已漸漸習慣了，尤其每次我提醒自己要呲牙咧嘴地笑時，腦子裏都出現元宵晚上會看到的那可觀的利是金額，一個新年的收入已是我過去那麼多年的利是金額總和。想着想着，我的笑眼就瞇得更彎了，「恭喜發財」也說得更朗聲。我承認，為了幾個延續生命的錢幣，我沒有堅決不虛偽的骨氣。

同事H好像天天期待上班不願下班似的，我無法理解她是怎樣的心態。這女子好像和我差不多年紀吧，仍然樂此不疲地和一羣「嗶鬼」興奮地開生日會，每次都自告奮勇要做生日會遊戲姐姐。不過我不討厭她，至少她沒有經理那般虛偽，而且她長得好看，並非天姿國色，是那種討人歡喜的臉孔，好像沒有人會討厭她。H性格開朗，健談但不「八卦」，和每個人都聊得來，而且可以聊得很起勁，一塊兒「咯咯咯咯」地笑，像個笨頭笨腦的無知呆瓜，而大家都樂意做這種呆瓜。如果細心思考，她和每個人聊的話題，都是虛無而不着邊際的、尋常的、可有可無的，從不觸及別人的隱私，甚至只是簡單至別人閒時的娛樂和興趣等，她都不會主動提問，即使她會談及自己的事，也是些無關痛癢的雞毛蒜皮，沒有人介意自己知道，更沒人介意自己不知道。每次和她同時下班，我在茶餐廳旁的巴士站等車時都留意到她在買外賣。聽同事說凌晨時分見過她在便利店「收銀」，莫非她也和我一樣要靠自己？

我的骨氣在父母把我的東西全拋出家門外的一天就完全洩光了。大學畢業之後，我一直沒有穩定全職工作過，因為還未有一個地方讓我覺得值得永久停靠。我接些散件的校對工作回家完成，雖然沒有能力上繳家用，但我也沒多花家裏一分半毫。我從不點菜，只求基本吃食，連煮焦了的東西我都照吃無誤，因為我知道自己過了十八歲，沒資格要求父母供養我的生活。他們活了大半輩子，換過幾份「牛工」，三餐飽足，不明白我的追求，我理解。只是他們拒絕讓我寄居，卻沒有拒絕與我相交，甚至還頻密來電叫我回家吃飯，餐桌上又不斷叫我想想自己幾歲、催眠我要自食其力、警告我不要辭職、恐嚇我他們很快就齊齊「兩腳一伸」……吃罷又急匆匆的趕我走，說要把我轟回自己的「狗窩」……簡直莫名其妙。是因為年紀大所以情緒化嗎？還是兩老都開始步入更年期？

這天叫我來吃飯，我不過談了幾句工作，眾人立即又說那些鬼話，不停叫我想想自己幾歲，將來怎樣怎樣……妹妹甚至推來一堆蠟燭叫我插在蛋糕上！這算什麼意思！到底想我怎樣？

哼！三十三歲！但，這又如何呢？

敏感

小時候聽鄰居說過，他們會在公園裏採大紅花吸啜花蜜，拈住花萼的位置輕輕折開，小心翼翼吸吮藏在花萼與花瓣之間丁點清甜的花蜜。潔宜沒有這種奇妙的、疑幻似真的童年經歷，聽別人說故事，一切就更像夢幻的童話。

較之食材，香水、花香潤膚霜、香薰的氣味都是格外馥郁的。當然不排除因為人工化的關係，有些香味更是濃豔得庸俗，像打翻了大瓶人造香料。有些香水的氣味是叫人大惑不解的，像置放於洗手間裏辟除惡臭的空氣清新劑。弔詭的是到底是塗抹這種香水的人想拒人於千里之外，還是想令人對其退避三舍呢？難道真的會有人喜歡沐浴在這種氣味之中？甲之熊掌，乙之砒霜，說到底也不過是主觀的喜好和情感。

考完文憑試之後，潔宜就立即找工作了，因為沒有興趣，也沒有能力，早就打消了升學的念頭。潔宜一向愛說話，人緣也不錯，從小到大很多人都喜歡和她聊天，所以她早就鎖定要從事與人接觸的行業，謝絕文書處理之類的工作。而因為有精打細算、「錙銖必較」

的習慣，潔宜也自覺能勝任收銀一類工作，於是，很快潔宜就成了售貨員。最初是在大型百貨公司裏做收銀員，不過同時要理貨。理貨是痛苦的，盤點就更是苦中之苦。後來有次潔宜從貨架頂層搬貨物到地上，不小心扭傷了腰，請了兩星期無薪假期，回來被阿姐級同事指指點點批評她「九十後」、「唔捱得」，是紙紮公仔……一氣之下潔宜就辭職了。其實這兒每位同事對潔宜都很好，除了這個野蠻阿姐，別人都說因為阿姐妒忌潔宜。沒有人不知道妒忌心是可怖的惡魔，不過潔宜想不通自己有什麼值得阿姐妒忌。

算了，反正都過去了，沒什麼好想，即使想通了又如何？

辭職後最初那半個月，潔宜長時間陷入極度後悔的情緒之中，因為找不到工作。少量積蓄是有的，不過總不能靠積蓄度日。失業的日子簡直度日如年，每天都如坐針氈。父親不知道內情，老是責備潔宜「冇用」才會被人「炒魷魚」，母親曉得是潔宜自己辭去工作的，不過也天天「咿咿哦哦」怪潔宜意氣用事，「唔襟鬧」。

「難怪人們討厭你們這些『九十後』，比『八十後』還要差，過幾年那些『千年蟲』到社會做事，更不知會長什麼鬼樣子了！」父親最愛搬出一堆自以為是的道理狠批別人，這壞習慣多年不變。

幸好個半月之後，潔宜就獲得一家出售個人護理用品的專門店聘用，和從前去上班的百貨公司一樣，這家專門店同樣在離家大約二十分鐘路程的大型商場裏，好處當然是可以省卻不少車資，但和從前工作的百貨公司太近，卻是個大缺點。只是，要花車資去遠一點上班，潔宜又捨不得。

百貨公司和專門店並不在同一層，也不在同一方向，應該沒那麼容易重遇舊同事吧，潔宜安慰自己。

因為鼻敏感的緣故，潔宜並不能有使用香水的習慣，即使許多時候潔宜都覺得應該要抹點香水才像女孩子。也因為鼻敏感的緣故，潔宜的嗅覺是特別靈敏的，雖然她始終未能掌握自己敏銳的鼻子偏愛哪些氣味。

花香潤膚霜是在誤打誤撞間暗自觸動了潔宜的神經的芳香焦點。同取材自鮮花，散發的氣息卻大相逕庭，是什麼緣故呢？這些香味又有多少是天然、多少是加工的呢？

第一天到專門店上班，潔宜的神經已深深被觸動，怎麼面試的時候並不覺得店子裏有這般濃郁的香味呢？經理給潔宜一大堆產品目錄，要潔宜牢牢記住每種產品的特色，記住各種氣味，潔宜才猛然發現除了沐浴露、香皂等基本個人護理產品，店子裏還有許多食品、茶包都有花材成分。

「我記得你鼻敏感，這些禮物不會讓你打噴嚏的。」潔宜看着瓶子裏風乾了的細細碎碎的薰衣草和玫瑰花，彷彿每朵都可還原成未綻放的花苞。透明的玻璃瓶裏護養着許多脆弱的心思，每個花蕾都是一個未知的開始。美麗的，同時也易碎的。她想起自己一度以為生活裏，這點點浪漫是讓人心花怒放的點綴，也像從前聽說過的夢幻童話。

「他追求你，是嗎？可是他是個花心男子，你要小心。他總是有許多欺哄人的伎倆，因為我經歷過，我知道。你我朋友一場，你還是別上他的當。」那男孩子沒有給潔宜送過花，他選擇送來花香味的雪糕、潤膚霜、蛋糕、花茶……潔宜一度以為這樣的特異巧思是浪漫的。

就在潔宜初上班的這天，連產品目錄都未背好的這天，她看見舊同事牽着手在店外走過，潔宜再次記起當天毅然辭去百貨公司的工作那更重要的原因。

當天勸勉潔宜的，就是現在和他走在一起的這位女孩子，潔宜到百貨公司工作後認識的第一個朋友。

看見他們走過，潔宜趕緊低頭溫習產品資料。一時間，她只感到鼻子癢癢的、熱熱的。

「潔宜，你鼻子紅紅的，沒事嗎？」

「沒什麼，鼻敏感而已。」

折返

一年前美意拒絕了志誠，就是因為覺得他一直忽略自己說過的話、沒心思去了解她的想法、漠視她表達過很多次的愛惡喜好、沒聆聽她的心意，完全沒把她放在心上……種種種種原因，美意實在未有信心可以和他組織新家庭。

其實也是到了志誠第一次求婚的一刻，美意才驚詫地發現，原來自己竟沒有和這個人結婚的勇氣和衝動。只是，她又捨不得，捨不得結束一段建立了七年的感情，捨不得放手。她依然心存盼望，相信志誠會慢慢成長、改變，也相信那次拒絕，已令志誠上了重要的一課，真正學會認真思考美意提出過的、他們之間的問題。

每個人都有他的優點，志誠也有，但有些地方美意覺得難以接受，希望他能改變。志誠太依賴、太被動了。

許多愛情都是盲目得叫人沖昏理智的頭腦。

沒過幾個月，志誠又不定期向美意求了幾次婚，每次都不過是相當簡單的晚飯，沒有鋪張的排場，也沒有動人的華麗詞藻，終於美意也搞不清楚自己再沒有拒絕他，是因為誤以為他真的改變了，學會了積極爭取，還是因他再三提問而被打動。或者說，被動搖。

美意有說不出的罪咎感，她覺得來到今天這境況，自己也責無旁貸。可能因為當初自己拒婚後沒隔幾個月便答應了志誠，意向不夠堅定，變化太快；又可能因為這年間她多次申訴然後還是默然忍耐志誠的不積極、被動，所以他才依然故我，不認為有改變的需要。

志誠不是差得要緊，只是他被動的情況甚至愈來愈嚴重，他一貫的接受指示、執行指示，但永遠不會主動想想籌備婚禮、建立家庭、佈置新居等等，為應付一切一切生活裏的變化，大家其實要做些什麼、要如何計劃、有哪些細節要兼顧……志誠有這樣的說法：「我並不是懶散，更從沒有依賴，我只是信任你。信任你的眼光，信任你的辦事能力，信任你一切決定。」「信任」二字向來沉重，此刻更突然就成了美意馱在背上沉甸甸的包袱。

可恨的是，這點信任其實彷彿有種說不出的無賴。

「原應共同承擔的事都可以完全卸下如斯，更別奢望會想想到底我需要什麼，想要的是什麼了。」美意想，伴隨自己的，莫非真的只剩越發膨脹的孤單？最近這樣的想法出現得愈來愈頻密，在美意的腦海裏糾纏不清：我不過是希望有一個可以照顧我、陪伴我，願意花時間、花心思，樂意溝通、互相了解的伴侶。

美意反復想到打從最初就知道志誠一向不多言，也不常和別人交談，偏偏他和自己特別投契似的，總有很多話題。美意看在眼裏，以為自己對志誠來說是個很不一樣的人。如今回想，志誠當天的表白也並不內斂，和他的個性簡直南轅北轍。因為自覺在他眼裏與眾不同，也因為他進取的表達，使美意以為他對她的愛令本來內向寡言的他也變得勇敢，美意才決定和志誠走在一起。

只是那時萬萬沒料到，這份勇氣竟有保質期，而這不長不短的保質期，恰恰足夠叫美意生出不忍割捨的情感。

「最初認識的志誠和現在不一樣，大概是因為他為了追求我而自願改變，並不是我改變了他。說到底，除非自願改變，一個人並不那麼容易可使另一個人改變什麼。就像現在，他做什麼，變不變，其實都不是我想就會有，終究得看對方的意願。」

其實從來美意和志誠之間都沒發生過什麼特別事，為什麼從前又會有話題，而現在總是一個人找話題仍沒有溝通呢？從前沒說什麼特別的話，沒做什麼特別的事，不也很開心嗎？可惜現在已不是「沒有特別」，而是「沒有」，太多太多時候，什麼都沒有。當天連無關痛癢的新聞，志誠都可以滔滔不絕說一番，那是為什麼呢？那些新聞，對他、對美意都不重要，重要的是他為了和美意交談會主動找話題。而現在的說話組合已換成：早晨、吃飯、下班了、晚安。除這幾句以外，志誠都不再說其他話了。更可悲的是除了不聞不問，美意說的話，他也不聽、不記、不理了，除了公務式對話，其他瑣碎日常如分享有趣的事物，也得不到回應。美意覺得自己好像變成其他人一樣了，逐漸感覺自己在對方眼中、心中，變成普通人，原來會有前所未有的可憐感。

下班的時候，美意把心一橫去等志誠下班，像剛認識他時那樣，試圖讓大家都懷着驚喜的心情吃頓晚餐。偏偏一路上她戰戰兢兢的，心情矛盾，怕見了面沒話說，猶豫着不如不要見，把話儲起，到難得可見時便不用相對無言，可能更容易開心……中轉站上，她掙扎着到底要前行，還是折返。

「你選自己喜歡的家具就可以了，我沒所謂。」志誠終於回覆了今早美意發出的短信，短短一句，美意決定折返。

這一年，逐點積累的經歷終於告訴美意，當初那一課，原來始終沒上過。

作文

他撥開蓋在臉上的東西，半夢半醒之間，看看鬧鐘，快要三點了。「幫我寫一篇關於環保的文章，快，八百字！」

又是弟弟把原稿紙蓋在他臉上，像往常一般塞了二十元在他手裏。「明天寫。」他把二十元推給弟弟，拉起被子蒙頭，轉身面向牆壁，把弟弟和發出刺眼光芒的電腦屏幕隔絕在外。

弟弟粗魯地一把扯開他的棉被，「快啦！你寫『容乜易』啫！廿蚊你有賺啦！我趕時間呀！」

背後的熒幕仍焯焯閃動，虛擬世界裏的隊友正等弟弟歸隊。「唔恨你嗰廿蚊！」他一手撐住牀板坐起來，另一手把那張二十元揉成縐縐的紙團抛給弟弟，順手抄來原稿紙，扳開燈掣，夾在雙層牀樓梯上的殘舊枱燈遲鈍地亮起，隨便拿一枝筆便開始書寫。

「要愛人其實很簡單，要愛地球，其實也很簡單。

我們常常聽到許多類似這樣的說話：『我不開冷氣，其他人也會開。』、『就算流行用環保袋，就算用膠袋要徵費，仍有很多人用膠袋，只有我一個用環保袋，有用嗎？』、『用多少紙才殺得了一棵樹，人人都是這樣用的，不要恐嚇我、詛咒我下輩子做樹。』……我們差不多天天都會聽到這些對白，如果你家裏有思想守舊固執的死硬派老人家，很可能更常聽到。」

弟弟比他年輕六年，本來前年就應畢業的了，今年還在讀中五。想當年他這等年紀，已經天天跟車搬貨賺錢了，一搬就搬到現在。要是當年成績好一點，或者可以繼續升學，可惜除了中文作文穩定地及格，甚至撈個不錯的分數，其他沒有一科是可以超過三字頭的。

「無可否認，單憑一人之力實在難以推動環保，為地球治病。別說康復，就算是舒緩病情，也是困難的事。逛街的時候，你感到地球發燒嗎？烈日當空時我們困在貨車裏大汗淋漓，衣衫盡濕，搬幾箱貨物後衣服簡直能擰出水。你可能會說：『夏天當然這樣啦！』但是現在連入夜之後仍覺陣陣『熱氣』從地底湧起，難道不是因為地球發燒嗎？街道上多少人一邊抹汗一邊說回家後必定要馬上開冷氣？讀到此處的你也聽到冷氣機發出低沉的轟轟聲，像在求饒說：『放過我吧！』」

「細佬，熄冷氣！」戴上耳塞的弟弟根本聽不到他的指令，求人不如求己，他乾脆自己關掉空調。

「啪！」

「喂，想熱死咩！」弟弟重力拍打電掣，重啟空調，向他投來不耐煩的鄙夷眼光。

「對怕熱的人來說，酷熱天氣確是難捱，要大家完全不開冷氣也好像太殘忍，但是，在開冷氣降溫散熱的同時，地球其實也愈來愈熱。如果不開冷氣是沒可能的話，可不可以在其他方面環保一點？很簡單，大家都一定能做到。不用冷氣的時候便關掉它，開冷氣也不是要把屋子變成雪櫃，不用開十度低溫再穿外套吧？」

寫到此，想想現在開了空調，好像是十五度，而他和弟弟都是赤膊的，這樣寫好像沒有說服力，只好再思考一下。八百字，不容易。

「又或者，如果不能不開冷氣，可以從其他方面實行環保。不要用那麼多紙張，減少製造廢紙。必定要記得回收，就算只有一張紙，都要拿去回收，最好是儲成一袋，送給老婆婆賣廢紙，這樣做，對大家都有好處。

外出一定要帶環保袋，環保袋也要重用，如果用很多環保袋，每個只用一、兩次，也是很浪費的。這一點，對大家來說只是舉手之勞。」

其實他鑾享受弟弟叫他作文的，主要原因是他寫的這些文章會得到評語，他想看那些評語。除了考試時那些文章不得不由弟弟執筆，其他不論長文還是短文，都由他代筆。但是他極討厭弟弟每次都在三更半夜逼他揉着惺忪睡眼起來寫文章，不過為了看評語，沒辦法。這一點弟弟是不知道的，他也不敢讓其知道，怕弟弟發現後會取笑他無聊，所以他會要求收取二十元當報酬，以賺「外快」之名掩人耳目。

「就算一人之力渺小薄弱，我們都應做好自己，愛護地球是應該的。愛地球，其實是愛我們的下一代，愛身邊的人，也愛自己。看見、聽聞很多人沒有愛護地球，繼續濫開空調、濫用膠袋、濫用紙張，實在不智。」

有時他忍不住假裝若無其事地問：「上次的文章拿多少分？」，弟弟都會嫌他煩：「你當自己『大文豪』咩！咁緊張做乜！」

「寫得高分我下次加價吖嘛！」

「咪使旨意！」

「可能你會說：有很多人還未改變生活習慣，他們一樣會傷害地球。沒錯，很多人都這樣，但不代表我們要一起傷害地球，更不等於我們可以理所當然地浪費地球資源。反而，我們更要主動叫那些人學環保，積少成多、聚沙成塔、集腋成裘這些道理，其實大家都明白的，沒有人做不到的。」

他記得上次老師寫的評語是：意念不錯、文句稍欠通順、建議多用同義詞、不宜常重複同一詞語……還有：欣賞引用名言警句和不妨多用修辭技巧以豐富文句。

「希望大家都記得，地球是大家的，愛護地球是大家的責任，勿以善小而不為，勿以惡小而為之。做人是，環保也是。」

寫到第三頁，早已超過八百字，用古語結尾之後，他向弟弟攤開手掌：「廿蚊。」

「又話唔貪廿蚊！」弟弟把剛才那團縐縐的二十元拋給他，一手搶過文章，繼續戴上耳機潛進刺眼的光裏。他關掉枱燈，拉起被子蒙頭再睡。

「下次再半夜三更叫我寫，我收五十呀！」

距離

One Day

聽講座是琪琪工作的其中一部分，有時她會覺得大有得着，有時只覺浪費人生短暫光陰。這樣說，好像對講者大不敬，偏偏有時這是她最真實的感覺。

有些講者談吐溫文，輕聲細語像催眠；有些講者則平鋪直敘一板一眼，把所有要說的話都打在簡報上，再把簡報上的每個字讀出；還有些講者字字有勁，講得青筋暴現。不論是怎樣的講座，總有許多聽眾早就搖頭晃腦昏昏欲睡。琪琪曾猜想，這些人是不是像她一樣，因為工作需要而被迫出席這些講座、研討會、座談會、對談會、發佈會、交流分享會……要不然，來這種地方「釣魚」，一釣就是幾小時，脖子不僵化才怪。她喜歡觀察講者的小動作，也愛留意參加者的反應。大部分講座活動中的大部分聽眾都有一個共通點——機不離手。他們的指頭長期在手機屏幕上點撥、滑動，但琪琪無法看到那些頁面，只能猜測屏幕上也許是社交網絡、通訊工具、熱門的網上遊戲……

雖說科技進步，人手一機已是常態，不用智能手機的反倒是原始人，不過琪琪無法理解，既然對講座不感興趣，也不打算專注於講題之上，那為何還要來呢？畢竟這片空間，也不算特別舒適啊！

不過公平點說，虛耗光陰的講座，不一定因為講者演繹得不夠好。令聽眾提不起勁的因素有很多，講者表現只是其中之一，甚至並非特別重要的因素。其他例如講題、聽眾的個人興趣、精神狀態，甚至周遭環境，種種元素都可能構成聽眾對講座的負面觀感和評價。

琪琪工作的書店有一個專門租借出去的空間，她主要負責與不同單位接洽，安排與出版商、作者、讀者相關的活動。每次舉辦活動時，她都得在場，由活動前四十五分鐘開始打點，直到活動結束。籌備、聯絡固然是她的工作範圍，而其他時候，她大都只需坐在一旁，主辦單位提出要求時才幫忙。好像是個輕鬆的工作，可惜她不愛閱讀，對這些和閱讀有關的活動，又哪會有興趣呢？起初應徵這工作，廣告上寫的是聘請活動助理，哪會想到竟是沉悶的閱讀活動？

會場內，琪琪是不能當眾拿出手機的，手機在口袋裏連番震動，她才會偷偷溜到洗手間查閱來電。曾有個週末，男友住院了，琪琪整日如驚弓之鳥，三番四次忍不住掏出電話查看是否有信息，還幾次溜到洗手間去接電話。週末活動多，人也多，要做的工作自然更多，加上心緒不寧，簡直亂得一頭煙。公司主管是個小心眼的婦人，偏偏琪琪又「黑仔」，幾次偷偷冒險去接的電話都是無聊來電，不是健身中心就是貸款公司，更倒楣的是主管數次來巡察，恰巧琪琪都不在。

「幾次過來都不見你，你去洗手間的次數也相當頻密，需要檢查身體嗎？」真是個不近人情的婦人。

男友手術出院後，每次有關於食療的座談會，琪琪都特別留神，若有食療偏方，更會親自烹調。漸漸她發現實在需要培養隨身携帶筆記本的習慣，把聽到的用得着的資料抄下，抄着抄着、熬着熬着，竟開始對這份工作有點好感。

後來，琪琪也沒怎麼留意那些聽眾了，甚至會覺得他們笨。「反正都來了，即使不想來也來了，何不認真聽聽，看看有什麼用得着也好。」

花了幾年時間，熬煮過許多養生食療、滋潤湯水給男友，男友身體逐漸強壯，可最後還是提出分手。不明白，不甘心，不過沒辦法。男友很堅決，也走得很灑脫，在所有可聯繫的途徑上，完全封鎖了琪琪。分開一段日子了，聽飲食講座，琪琪還是會抄寫，不過心裏覺得不舒服。於是，聽宗教課題，她抄寫。從來沒有人向她傳教，在她眼裏，各派信仰世界大同，把導人向善的各個宗派的金句一一記下，也非壞事。聽哲學課題，她照樣抄寫，為什麼人要思考存在的意義呢？聽文學課題，她可以抄寫的就更多了。那小心眼的主管見琪琪如此積極，相當滿意，甚至還罕有地稱讚她，可惜她並沒有太大感覺。

今天主講的博士提到物理課的理論。照鏡的時候，「我」的影像到底投影在哪兒呢？

關於物理課的記憶，琪琪只記得永遠的四十九分。實像虛像，相信中三時的她是沒法完全理解的，當時大概只可以把理論統統背誦以應付考試。

到了今天，琪琪訝然發現自己好像竟明白了這理論。所謂實像虛像，二者之間還有很重要的兩個字：距離。鏡子不過是距離中間的屏障，其中一方前行，對方也走近；一方後退，另一方亦然。人與人之間，距離的遠或近，是雙向的，然而現實中，這是定律嗎？為什麼當她向前走近男友的時候，男友會退後呢？

或者照鏡子就是最理想的相處距離，因為，兩者有相同的方向。就如當你貼近鏡子，幾乎錯覺能觸碰對方。

琪琪真的完全理解了照鏡子在物理學上的原理嗎？不。不過，這就是在她所能解讀的邏輯中，領悟到的照鏡子的原理，而她也只能用這種方式記住照鏡子的原理。只是，這原理顯示的是最理想的距離。現實世界中，人與人的距離並沒有那麼完美。她明白嗎？不明白，而唯一可以做的，就只有記住。記住最理想的關係，是大家向着對方往前走；記住最現實的情況其實是，各自向自己的前方，一直走，無法挽留。她很想舉手問問教授。

「琪琪，有人舉手！過去畀個咪人啦！」接連舉手的好幾個人，都沒有問琪琪想到的問題。

「謝謝大家參與今天的活動，勞煩大家填寫手上的問卷然後……」

明天將有另一位科普作家來辦新書發佈會，又是時候思考人生了，琪琪想。

投注

電話投注事務助理是其中一份叫她印象深刻的兼職，或許是因為自己過於豐富的聯想，每次想到這個工作，總令她有輕微的惴惴不安。

「你會跟我進投注站嗎？」父親問。

「可以。」其實之前她也試過一次跟父親到投注站。可能那次的投注站距離她工作的地方遠遠的，父親並不那麼擔心她會遇到相熟的人。而這次投注站距離她工作的地方不到十五分鐘的路程，加上幾乎每次一家人去散步，都會遇上她認識的人，或許是這個原因，令父親有點猶豫。

在投注站裏，她真的長見識了。只見父親熟練地向右拐，把早已邊走邊掏出的票子放進一台機器裏，鐵齒「習習習」幾聲，票子在機器的胃裏消化，瞬間就反芻完吐出來。接着，父親又把第二張票子放進機器，鐵齒又「習習習習」地響。這次的票子對胃口了，反復「習習習」了幾次，機器竟不願將它吐出。父親轉身，她以為他忘記了，趕緊提醒：「未取票。」

「不用拿。」後來父親解釋，因為中獎了，所以不用拿。

「中了一百六十元。」

「哦。」

她從不投注，中獎對她來說自然毫無感覺。奇怪的是，父親好像對這筆獎金也沒有太大的感覺，至少她並沒看到他為此而流露一絲高興的意味。是因為一百六十元太少嗎？賭博本來就是買運氣的玩意，即使少，應該也會略有小興奮吧？是因為經常中獎嗎？這更不可能。父親中獎，她們沒有不知道的理由，除非那是一筆少得連吃兩個快餐店下午茶餐都不夠的獎金，三數十元，說來無謂。

從前父親會賭馬仔、撲克和六合彩。後來她們升中，父親說戒就戒——除了定時定候買的六合彩。再後來到父親退休，又掙扎過要不要連六合彩也放棄。

她向來不贊成賭博，雖然人生處處賭博，「賭本」甚至是不能逆轉的唯一。就如決定結婚，賭本就是餘生；決定為工作賣命，賭本就是健康的體格；決定破壞某個生活圈子裏的潛規則，賭本就是人際關係……這些賭博風險，已經夠大了，她絕不願意再拿辛苦攢下的錢來賭，即使十元八塊，她也拒絕。賭，本來就是要吃虧的，那不過是個「購買」希望的「騙局」。然而，在父親退休後要不要繼續買六合彩一事上，她也有過掙扎。

父親覺得退休後沒有收入了，無謂再花費在這些不必要的開支上。「大不了以後再也不看、不聽攪珠結果。」她並不擔心父親戒不掉，只是，她竟也發現自己有了莫名其妙的怕輸心態。

記得妹妹的好友說過，她的父親經常叫她幫忙「買馬」。每次她都應好，但沒有一次真的下注。

「十次有九次都輸，當然不買啊！」

「那要是真的跑出了怎麼辦？肯定氣炸了肺啊！」

「我自掏腰包給他獎金就行了，反正他也不知道，事實也證明還是輸的多。」

用心良苦啊！然而這片苦心裏也有隱隱的憂傷。她的父親之所以會被蒙在鼓裏，非因懶惰得連投注站都不願去。從前他是親自到投注站下注的，自從腿上傷患益發嚴重，偏偏又怎麼學都學不會電話投注，投注的任務才落在長期照顧他的女兒身上。

六合彩票子上的一串數字，是父親一直買了幾十年不變的一串數字。「金盆洗手」後完全不接觸開彩消息的可能性有多大？要是像電視劇情節那樣倒楣得決定再不投注後立即中獎，或有生之年忽然中獎，那怎麼辦？不「爆血管」才怪！

相信和妹妹的好友一樣，如果按經濟情況而言，要應付父親每期的投注其實不成問題。然而，這事的價值和意義在於什麼？享受等待攪珠揭盅的剎那緊張感嗎？她並不以為父親對開彩有絲毫的期待，甚至可以說他的守候不過是恆久以來建立的習慣。只為保留一個很大機會落空的希望嗎？那麼，如果到最後，大半輩子都沒中過什麼稍為有看頭的獎金，苦苦進貢馬會鋪跑馬地廣袤的草皮，希望終告幻滅，會是怎樣的失落？還是，連輸也習慣了？習慣輸，豈不可悲？

猶記得當初申請兼職電話投注事務助理，沒有一關叫她猶豫，沒有一份卷子她不及格，哪怕連從未接觸過的足球博彩，連串複雜的、聞所未聞的球隊名字她都倒背如流。當然，現在她只記得其中一隊叫「靴化柏林」。當時坐在旁邊的同學向她補充：「你知道嗎？這是我最喜歡的球隊，你也應該看看。」

「我不知道。」

「我為什麼要知道？這與我有什麼關係？什麼叫做我應該要看看？」她心想。她討厭這個聒噪不休的同學。

唯有到了真正離開學習室，走進偌大的房間裏劃出的一個個小箱子中，戴上耳機接聽電話時，通了幾個電話之後，她聽到話筒那頭粗獷的男聲後有孩子哇哇的哭聲，熒光幕上戶口裏的餘額焯焯閃動，連串綿長的位置和數字夾雜孩童越發強烈的啼哭，她忽然覺得，狹小的空間無比侷促，每按下鍵盤發出的啪啪聲，都像藤條抽打在孩子身上發出的霍霍聲。如果戶口裏四位的數字，轉移在陪伴和餵養孩子身上，還會有止不住的哇哇啼哭嗎？

當天晚上，她就打了辭職信，她無法不幻想自己是撕裂家庭的幫兇。

「我應該買到百年歸老嗎？」

「不要告訴我們你買的是什麼數字，等到一天你再也不會投注的時候，就讓這串數字隨你遠走吧。」如果家庭經濟拮据，也許她就真的能堅決要父親停止投注，停止把錢幣投進跑馬地那被不停踐踏的草皮。只是，現在還不是時候。

一頁人生

鐵漢朋友的爸爸離開了，相對無言，彷彿任何安慰的話都不合適。

直到他說想要寫一篇悼念爸爸的文章的時候，我方能從聆聽中為他撿拾零碎的記憶片斷，為他拼湊爸爸的一頁人生：

「爸爸從前在酒樓工作，他愛下廚、愛逛菜市場，即使自己未能親身到菜市場，也熱衷於提出意見，囑咐我們採購食材讓他烹調。是炸雞翼嗎？還是排骨？原來爸爸並沒有拿手菜，因為他煮的每道菜都很美味，我們無法選出唯一的佳餚，但其實爸爸並不是大廚師，他是酒樓經理。

小時候我們常常到爸爸上班的酒家流連玩耍，跑跑跳跳，時間很快就過去。工作忙碌，可以一家人同去遊玩的時間並不多，到荔園看大象、玩遊戲自然是難得的美好記憶。不過我深信爸爸從沒忘記爭取樂聚天倫的時間，因為即使事隔多年，農曆新年時我們一家四口在戲院裏享受歡樂賀歲片時光的畫面，我仍歷歷在目。

巨大的魚缸上、喜慶菜單上……酒樓裏要「見人」的字，都是爸爸寫的。爸爸的字特別好看，令人佩服的是他可以隨時即席揮毫，從容不迫。別人都把價錢牌子除下來重寫，爸爸卻站在魚缸前，舉起手揮筆疾書，神態自若，字字端正，筆筆剛勁有力。

在我還不太懂事的時候，跟隨爸爸帶着大包小包行李回鄉，我注意到鄉間田野小房子裏的擁擠，許多親朋戚友都聚合在小小的房子裏，相聚的熱鬧歡快聚滿一室；後來又帶着大包小包行李回鄉，除了仍舊熱鬧歡騰的氣氛，我又留意到房子對面有豬圈、有雞籠，飯桌上也有更豐富的菜餚；後來再帶着大包小包行李回鄉，依然熱鬧歡騰，但祖屋已經拆了，豬圈、雞籠也消失了，換成兩、三層的房子，爸爸的兄弟姊妹都有了寬大的居住空間，大家的生活愈來愈富足。我也開始長大了，漸漸意識到這些轉變，其實有一大部分是來自爸爸一直以來默默的付出。生活質素和環境上的種種變更，正是爸爸長久以來，為在香港的我們這一家，也為在家鄉的原生家庭，無間斷的奉獻一點一滴積累、建立的。

爸爸最喜歡吃的是燒肉，在他離開我們之前的那個晚上，一家人一起吃的最後一頓飯，燒肉就是其中的菜式。爸爸喜歡喝奶茶，假日的早晨，我們到茶餐廳吃早餐，媽媽和我點咖啡，爸爸會選奶茶。為了健康，有時大家都忍不住勸他這些別多吃、那些少吃點，而爸爸總是吃得節制，也不嫌我們諸多管制，想必是為了不讓我們操心。

和我不一樣，爸爸不大喜歡新科技，他愛鑽研的是國學、歷史。或許因為念舊，他無法接受智能手機。這是有趣的，正因為這點不同，拉近了我和爸爸的距離，讓我可以教他用手機。爸爸會埋怨手機反應遲緩，而我卻不敢責怪時間殘酷，逐點逐點的讓爸爸變老，甚至忍心將我們在世的日子一片一片削薄……縱然爸爸始終未能純熟地操作智能手機，甚至加倍偏愛「老爺機」，我還是感激，感激曾經有過這些微不足道卻不可磨滅的，父子相處的獨有時光。

爸爸向來給我們很大的自由度，對我們也從不苛責、不嚴厲管束、更不施加任何壓力，這使我們有更開闊、更寬廣的成長空間。爸爸愛我們嗎？他好像從來沒有說過什麼。晚上我在客廳埋首工作，爸爸走過隨意看看我，喝杯水後便逕自回房間裏去；深夜我在電腦前打瞌睡，爸爸不會為我蓋被添衣，只會叫醒我；清早鬧鐘還未響，爸爸就來敲門提醒我起牀上班……和爸爸共處的回憶似是零碎，然而這一切，都是生活裏最實在的觸感。我慶幸能夠和爸爸同住，讓我可在平淡的生活裏，切實地感受到他對我們那些不言傳的卻最真實的照顧和關愛。

相信爸爸和我一樣，特別感激我媽媽。近幾年爸爸雙腿開始出現毛病，最常陪在他身邊、不曾離開的，就是媽媽。在他疼痛難當的時候，媽媽就是他最大的支持、最好的安慰。

如果你一定要問，什麼時候我會特別思念爸爸，也許我不能回答。因為思前想後，好像真的沒有一個明確的、特定的時間。人的記憶大概不可靠，所有印象終究敵不過歲月，再深刻的片斷也不得不隨年月消磨、模糊、淡化。只是，在味蕾上停留過的味道卻會植根腦海深處。我曉得此生永不可能再嚐得一口爸爸做的菜，味覺的回憶只能成為偶爾教我回味卻也刺痛我的一角、我不敢再輕易翻開的一角。但是，我不得不承認在往後的日子裏，當賀歲片上映、當路過酒樓看見魚缸價錢牌子上的大字、當餐桌上有燒肉、當新式手機面世、當半夜在寫字枱上驚醒過來、當清晨鬧鐘響聲取代了敲門聲……

每一幕，我彷彿都看見，最熟悉、最實在的，爸爸的身影。」

聽罷鐵漢朋友的話，爸爸雖不是我的，偏偏，當連繫每字每句時，我竟無法阻止自己陷入傷痛的情緒。如果說文字有紓解鬱結的特異功能，細讀別人代為書寫的個人心事，是否也有為當事人排遣憂傷的果效？我開始思考人生和書寫的意義，也疑惑即使文字可成為凡人顯露柔情的曲折方式，而其實，能夠執筆咬牙觸碰痛處的，又有幾人？

後記

和《我最「搣時」的故事》一樣，《一頁人生》也是《星島日報》專欄小說的結集。

從每四星期一次到每兩星期一次的專欄，從散文到小說，從零到五萬字，然後跨過十萬字，從接近九成真實的書寫，到學會七分真三分假的創作……

開始校對這本書的稿子的時候，我在旅遊巴上，正往考察的路途。我想起出發前調皮的猴子要看我的行李箱內涵，看到厚厚的功課袋，問我：「這是中六同學的功課嗎？是你的文章嗎？裏面有沒有我們呢？你什麼時候再出書？」

《我最「摵時」的故事》的校對工作也是從旅遊巴、考察團開展，當時的猴子同樣問過我類似的問題。不同的是他們的回應已由：「下一本一定要是關於我們的書啊！」變成：「摵時好忙啊！你什麼時候才有時間寫一本由我們做主角的書呢？」也許猴子們都察覺到摵時積累多時的疲態了？猶幸他們還是對摵時有期望，如我期待讀到他們用心寫的文字一樣。

每次準備寫後記，都想抓緊機會感謝重要的人、家人、夥伴、師長、友好、學生、出版社、機會……能不能有點變化，以免誤顯例行公事之姿？然而，我發現原來是相當困難的。因為這些生命裏的重要角色，我對他們的由衷謝意和感激，始終未變。

總是相信，寫作可以是個漫長的、恆久的人生功課——只要我願意、我可以的話。即使沒有預計人生道路長短的本領，而我可以做的，就是在這段道路上做好本分，即使追趕不上別人的速度，未能觸及他人的寫作層次和高度，我還是可以慢慢地、默默地，繼續寫。當我為自信不足而戰戰兢兢的時候，不論爸爸媽媽還是妹妹，給我的回應都只有支持，從沒踐踏，從沒輕視，在愛與關懷裏建立信心，這就是家庭給予我的深刻教育。